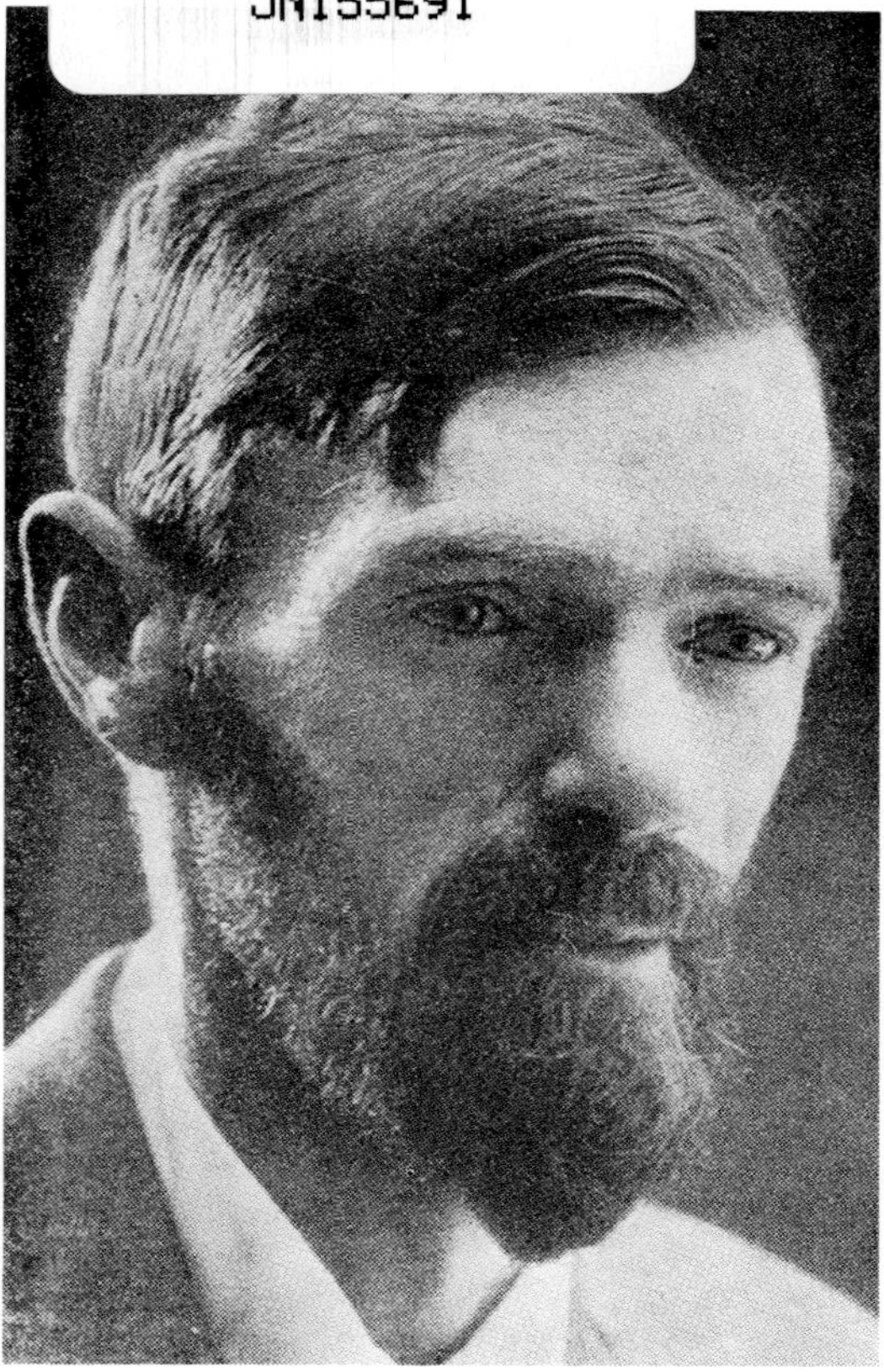

デイヴィッド＝
ハーバート＝ロレンス

D. H. ロレンス

●人と思想

倉持 三郎 著

79

Century Books 清水書院

まえがき

はじめてロレンスの作品を読んだのは大学二年生（一九五三）の夏休みであった。読んだ作品は、『チャタレー夫人の恋人』である。英文科の学生であったから、原文で読んだ。当時は、無削除の完全な版は出版や発売ができなかった。私が神田の古本屋で買ったのは海賊版なのである。出版社の名前も明示されていなかった。どうしてそのような本を買って読む気になったのだろうか。当時、英文学百選としてあげられてあるのは、ロレンスでは『息子と恋人』であった。だから、ふつうならば、それを読むはずであった。ところが、『チャタレー夫人の恋人』を読んだのは、それなりの理由があった。一九五一年（昭和二六）に、いわゆるチャタレー裁判がはじまっていた。伊藤整の訳で、小山書店から出版された訳書が、わいせつ文書ということで起訴されて、裁判中であった。そのため、この事件が新聞などで報道されて、当時の話題となっており、それほど意識していなかった私の耳に入ってきたのだと思う。

好奇心も手伝って、古本屋で偶然見つけたその作品を三日ほどで読みおえた。語学力はなかったが、大体はわかったように思った。まず感じたことは、作家が実にまじめに書いているということであった。そのころ、性について話すとき、周囲の人々は、意味ありげに笑ったり、冗談めかした言い方をして、何か隠れて悪いことをしているという感じがあった。性は暗いもの、悪いもの、触れてはならぬもの、それが、当時の私の持っていた性のイメージであった。ところが、ロレンスはそういう常識を破って、真正面から性を描いていた。意味ありげにくすくす笑ったり、ほのめかしたり、思わせぶりに描くということは全然ないのだった。触れてはならぬと考えられている事を、まともに、何のてらいもなく書いているのであった。

これは驚きであった。そのときは、それほどはっきり意識したわけではないのだが、この作品を読んだことで、私の性に対する考え方が変ってきた。その後も、相変らず性について話すとき、笑い、冗談めかし、何か後暗いことをしているかのごとき人々がいたが、私は、性はそんなものではないと確信しはじめていた。もちろん、性をめぐって、犯罪とか、いろいろ、いまわしいことがあることは知っていた。しかし、実際は、いまわしいことの責任がすべて性になすりつけられているのだということがわかってきた。性そのものは、赤子のように何の罪もないものであった。しかし、赤子のように抗弁できないし、抵抗できないものだから、いまわしいことの責任を全部負わされてしまっているのであった。性はあわれな犠牲者である。

修士論文でロレンスを取り上げて以来、三十年、この作家とつきあってきた。その後、数回、この作品を読み返すことがあったが、最初読んだときの印象と変らなかった。変らないというよりも、読むたびに感銘が深まった。これを書き得たロレンスはすぐれた作家であり、信頼できる作家であると確信するようになった。そして、この作家に出会って、その作品を読んでよかったと思っている。

ロレンスは、いわゆる体系的な哲学者ではない。小説家であり、詩人である。しかし、多くの西欧の作家のように、作品を書きながら、その背後に、しっかりした思想を持っている。鋭い直観と豊かな想像力によって、新鮮な人間観、世界観を示している。ロレンスは今世紀のはじめに活躍した作家だから、かなり年代としては現代と離れている。しかし、扱われている問題は意外に新しい。もう一度、ロレンスの提出した問題を考えてみることは無益ではない。前述したように、ロレンスにおいては性が主要な問題ではあるが、それとつながって、他の重要な問題がある。『チャタレー夫人の恋人』だけではなく他の作品や評論にも注意したい。

ロレンスの魅力は、その作品や思想だけではなくて、その生涯にある。その生涯が彼の思想を語っているといえよう。その波乱に富む放浪の一生を眺めてみると、一編の小説を読むような興味をおぼえるし、また、人間の生き方について多くのことを教えられる。四十四歳という、まだ若いといっていい年頃で没したロレンスは、最後まで、激しい、妥協しない生き方をしていた。病魔に苦しめられてはいたが、活力に満ちていた。その活動的で激しい生活から生まれた思想は新鮮で生き生きしている。

ロレンスの生誕百年後の一九八五年（昭和六〇）、ロレンスの記念碑がロンドンのウエストミンスター寺院の詩人記念廊につくられた。ここには、チョーサー、シェイクスピアをはじめ、イギリスの代表的な文学者の記念碑がある。ここに記念碑がつくられたということは、ロレンスがイギリス社会に受け入れられたことを意味する。これは驚くべきことである。なぜならば、一九一五年には、その小説『虹』が発売禁止になったり、詩集『三色すみれ』は検閲の結果、一部を削除されて出版されたり、描いた絵が当局によって押収されたりしたことでもわかるように、生前、ロレンスは、イギリスでは「悪名」高い作家であったからである。『チャタレー夫人の恋人』は、死後も、ずっと発売禁止の状態が続き、一九六〇年の時点でなお、わいせつか否かで裁判が行われたほどである。裁判の結果は、わいせつではないという判決が出たが、その後、四半世紀で、ウエストミンスター寺院に記念碑がつくられた。これを見ても、イギリス社会の急激な変化を知ることができるのだが、社会の思潮は、ロレンスが予言した方向に動いてきたといえよう。

倉持三郎

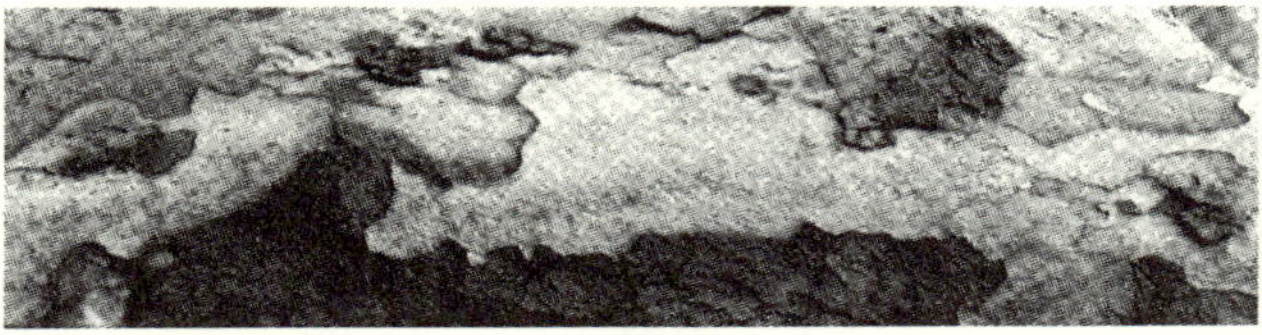

目次

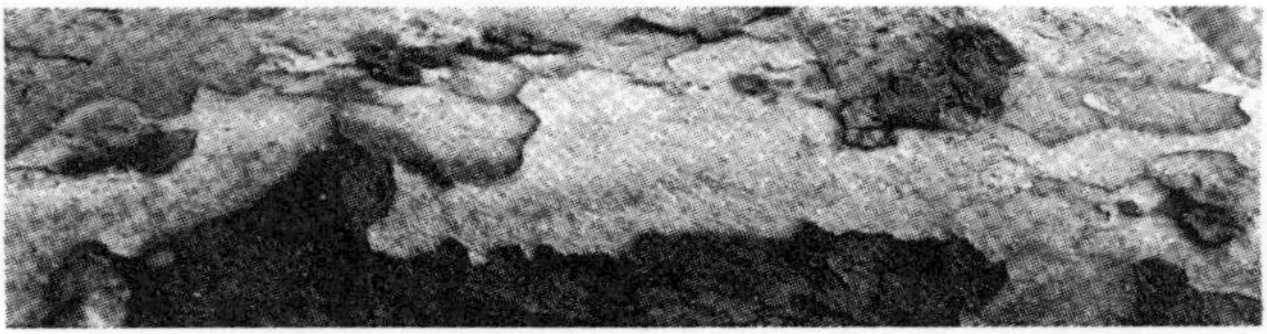

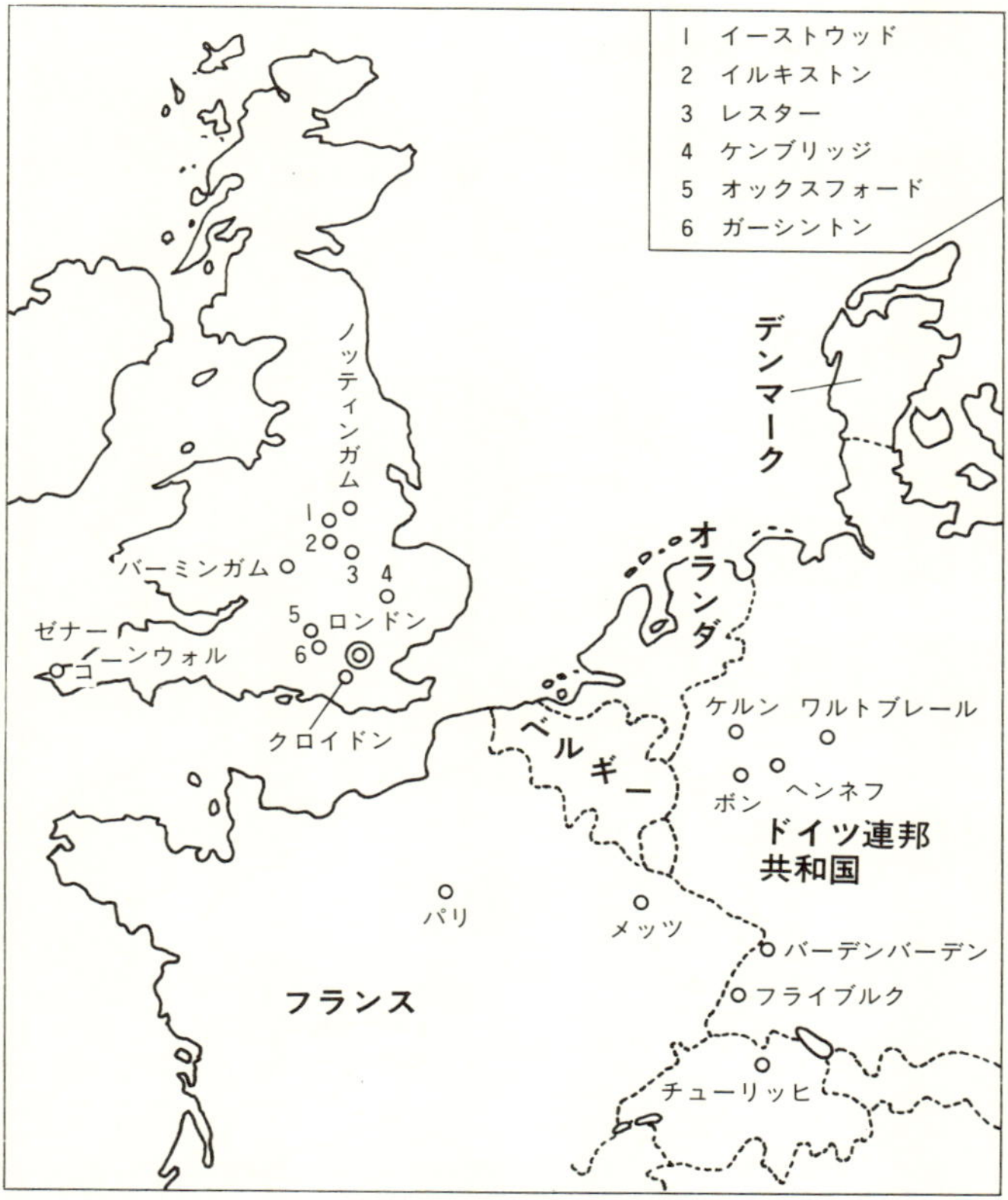

D.H.ロレンス関係地図 1

D.H.ロレンス関係地図2

I

D・H・ロレンスの生涯

一　ロレンスの生きた時代

世界の工場　D・H・ロレンスが生まれた一八八五年は、イギリスの最盛期であるヴィクトリア女王時代（一八三七―一九〇一）の後期にあたる。この時期は、いわゆる帝国主義の時代であり、イギリスは、世界各地に植民地をつくった。七つの海を支配し、太陽が没することがない国であることを誇り、大英帝国として世界に君臨した。一八七七年には、ヴィクトリア女王は、インド女帝もかねることになった。アフリカにおける植民地獲得をめぐって、一八九九年には、ボーア戦争が起こった。イギリスは、「世界の工場」として、植民地に自国の工業製品を輸出し、巨万の富を築いていた。国内の過剰な人口を植民地に送り、文化的な面でも影響を与えていた。すなわち、イギリスは、当時の超大国で、世界の政治・経済・軍事・文化等の面で支配的な力を持っていた。

イギリスを「世界の工場」にしたのは、産業革命の成果であったが、この結果、富裕な産業資本家が台頭する一方では、貧しい工場労働者が出現した。ここに労資の対立が起こった。労働者は、賃金値上げや、労働時間の短縮を要求して、労働組合をつくり、ストライキを行った。次第に労働者の権利が認められ、一八七一年には、労働組合は合法になった。一九〇〇年には、労働党が結成され、自由党に代って勢力をまし、一九二四年には、政権を獲得することになった。

参政権　産業革命の結果、新たに台頭した中産階級は、参政権（下院議員の選挙権）を獲得する運動を一七六〇年代から展開していた。激しい運動の結果、一八三二年に、第一次選挙法改正が行われ、上流階級だけでなく、中産階級も国政に参加することができるようになった。しかし、この時は、財産のない労働者には選挙権は与えられなかったので、労働者は激しい運動を展開した。それが、チャーティストの運動であった。その結果、第二次、第三次の選挙法改正が行われ、最終的には、一九一八年、成年男子すべてに選挙権が与えられた。

他方、女性の国政参加はおくれていた。チャーティストの要求にも婦人参政権は入っていなかった。婦人参政権獲得運動は、十九世紀後半から盛んになった。全国組織が結成され、広汎な運動を展開した。一九〇三年には、従来の穏健な団体に代って、過激な、女性社会政治連盟が主導権を握り、放火、政府要人襲撃、国会乱入をふくむ過激な示威運動を行った。第一次大戦開始で運動は一旦中断されたが、大戦中の女性の活躍が評価されて、一九一八年に制限つきながら、はじめて婦人参政権が与えられた。そして、一九二八年に成人女子すべてに選挙権が与えられた。

教　育　選挙権を持つ階層が拡大していくことによって明らかになったことは、選挙権はあっても、まともに読み書きができない人たちが多数いるということだった。これでは、国政参加の意味も十分達せられなかった。ここから教育普及が課題となった。一八六〇年はじめには、イングランドとウェールズの児童三五〇万人のうち、半分しか正規の学校へ行っておらず、また、学校には行っていても、読み書きの能力が十分あるものは、その十分の一という有り様だった。この状態を改善するために初等教育の義務化がさけばれ、一八七〇年に義務化の法律が制定された。義務教育の年数も少しずつ延長された。

高等教育についていえば、十九世紀には、オックスフォード、ケンブリッジ大学のほかに、ロンドン大学など他の大学が発足し、また、非国教徒に対する入学制限も撤廃された。しかし、女子の高等教育機関がなかった。このため、女性は、しかるべき職業につくことができなかった。ようやく、世紀の中頃、女子高等教育機関がつくられはじめた。

精神風土　ヴィクトリア時代の精神風土について述べると、人々は、キリスト教を信仰し、キリスト教道徳を守っていた。各家庭には聖書があり、日曜日には教会に行き、礼拝した。キリスト教に基づく愛他精神――博愛、慈善、自己犠牲が、きわめて大事な徳目と考えられた。金持は貧乏人を救わねばならなかった。こういう精神からブースの「救世軍」が起こり、貧乏人や犯罪者の救済を目指した。しかし、怠惰で、他人の援助を待つという態度は批判された。労働は神聖であった。サミュエル＝スマイルズが『自助論』（日本語訳では『西国立志編』）で強調したように、働き、自らの努力によって道を切りひらいていくべきであった。人々の生活を堕落させる飲酒はきびしい批判を受けた。禁酒運動が強力におし進められた。

結婚生活は神聖であった。したがって、姦通は最大の罪悪であった。性はタブーになっていた。性的連想を持つ言葉は使用してはならなかった。「腹」とか「脚」という言葉さえ避けられた。女性は、顔と手以外の肉体を他人に見せてはならなかった。くるぶしや肩を見せることは下品であると考えられた。一八五七年には、「わいせつ出版物取締法」が制定されて、性的言及のある出版物は発売禁止になった。

ところが、一八五九年に、ダーウィンの『種の起源』が出版されるにおよんで、ヴィクトリア時代の精神風土の基盤は揺ぎはじめた。進化論は、聖書に述べられてある神による天地創造を疑わしいものにした。世紀末になると、キリスト教に基づく道徳観念がゆるみ、享楽的刹那的な考えが現われた。オーストリアの医師、ジグムント＝フロイトが精神分析学を創始して、性が人間の生活において重要な働きをしていることを説くに至って、性をタブーとするヴィクトリア朝の精神風土は打撃を受けることになった。

科学技術の進歩　十九世紀は、科学、技術が発達した時代であった。蒸気機関の発明などをはじめ、種々の科学的発明、発見がなされた。それまで、人々の精神を支配していた宗教に代って、科学信仰が起こった。蒸気汽船の発明や鉄道の建設によって交通機関は発達し、人々の生活はより快適になった。また、物品の大量生産によって、それまでは高価だったものが手に入るようになった。物質生活面で飛躍的に豊かになった。物質文化が栄えると同時に、物質生活偏重の害も現われた。

ロレンスが2～6歳のころ住んでいた家

すなわち、金銭至上の考え方が強くなった。金銭、物質が人間評価の基準となった。

当然のことながら、ロレンスは時代の子である。以上述べたような時代の流れのなかに生き、その思想を形成していった。たとえば、ロレンスは、炭坑夫の息子として生まれたので、労働者の地位の向上、教育の機会の増大などの恩恵を受けている。もし、百年早く生まれたならば、ロレンスは作家にはなれなかったろう。他方、その時代の流れに反発した。キリスト教道徳に、性のタブー化に反発した。イギリスの自己中心的な世界観に、科学信仰にあらわれる理性偏重に反発した。十九世紀の主要な問題であった宗教対科学の争いは、ロレンスの内部において繰り返された。また、金銭、物質偏重に警告を発している。ロレンスは、時代の流れに敏感に反応している。その生きた時代を詳しく調べることによって、ロレンスの思想をよりよく理解できるが、逆に、ロレンスの思想を調べると、そこに時代の流れが反映しているのがわかる。

二　生い立ち

美しい自然と、それをよごす炭坑　D・（デイヴィッド）H・（ハーバート）ロレンスは、一八八五年九月十一日に、英国のノッティンガム州のイーストウッド、ヴィクトリア通りで生まれた。ロンドンから急行列車で北に向って二時間ほど行くとノッティンガムという都市に着く。イングランド中部地方の中心都市で現在の人口は約三十万人である。ここから西北に約十三キロのところにロレンスの生まれたイーストウッドがある。

ロレンスの生家

ロンドンからほぼ平地が続いているが、ノッティンガムあたりから丘陵が現われはじめ、さらに北上すると丘陵はさらに高くなる。イーストウッドの町は、これらの丘陵のひとつの上にある。この付近は全体としては農村地帯である。麦畑や牧草地がひろがっている。いかにものんびりした田園風景である。

イギリスの田舎は美しいという定評通り、この地方も

ムアグリーン貯水池

美しいが、たとえば、風光明媚で有名な湖水地方に比べてみれば、風景としては平凡である。高い山があるわけでもなければ大きな湖があるわけでもない。しかし、ロレンスは、この地方の自然から美しさを十分に感じとったのである。とくに、イーストウッドの北方のムアグリーン貯水池とその付近の森、小川、麦畑、牧草地の美しさは彼の心に深く刻み込まれた。後の話になるが、四十歳をすぎて書いたエッセイ、「ノッティンガムと炭坑村」では、この付近を「この上なく美しい田園地帯」とよび、なつかしく回想している。

風景としては平凡なこの地方を、「この上なく美しい」といわせているのは、彼の感受性である。ロレンスは、自然の美しさを感じる力を内部に持っていたのである。故郷の自然は、彼の想像力のなかに根をおろし、その思想や文学を形成する働きをなしている。処女長編小説『白くじゃく』を、ムアグリーン貯水池とそれを取り巻く森の描写からはじめたのは偶然ではない。

ところが、他方、この地方に、美しい自然を破壊するものがあった。炭坑である。ノッティンガム付近には数ヵ所の炭坑があった。

イングランド中部地方は、石炭の産地である。石炭を産出することは十六世紀ごろから知られており、ロバを動力に使って採掘が細々と続けられていた。この時代は、石炭の採掘は、自然をよごすようなものではなかった。ところが産業革命の結果、石炭は大規模に採掘され、黒いしみのように、美しい自然をよごすことになった。イギリスは、世界に先がけて産業革命をなしとげたが、この理由は技術の開発はもちろんのことであるが、その原料としての鉄鉱、エネルギー源としての石炭を産出したからである。

一八〇〇年ごろに、バーバー・ウォーカー会社が設立されて、石炭の大規模な採掘がはじまった。炭坑で働くために、よその土地から労働者が集まって来た。そのため、イーストウッドの人口は急激に増加した。産業革命の初期の一七八〇年代には、まだ、イーストウッドは戸数二十八を数える小さな村にすぎなかったが、バーバー・ウォーカー会社が設立されたあとの一八〇一年には人口七三五人であり、一八五一年には、一七二〇人、ロレンスが生まれた一八八五年には約四千人にふくれあがった。炭坑労働者のために住宅が建てられた。ロレンスの父親はこういう炭坑労働者のひとりであり、ロレンスが生まれたのは炭坑労働者のための住宅においてであった。

父は炭坑で働いていたが、ロレンスは、炭坑は自然をよごすものであるという認識を持っていた。ぼた山ができ、炭塵が降り付近を黒くよごしてしまうからであった。このことから、近代産業に対して嫌悪感を持つようになった。美しい自然と、それをよごす炭坑という、彼が生まれ育った環境は、ロレンスの思想や作家としての想像力を形成するに際して重要な要素となっている。

父的なもの母的なもの　生まれ育った環境がロレンスの思想と想像力を形成したことはすでに述べた通りであるが、父と母、また、その関係が、思想や精神形成に重大な影響を持つことは今更いうまでもないことである。ロレンスは、他の作家以上に、自分の血の中に流れている父的なもの母的なものを強く意識し、そこから自己の思想を発展させていった。

ロレンスの父方の祖父ジョン＝ロレンスは仕立屋で、一八五三年ごろ、イーストウッドの北のブリンズリーに店を構え、付近の炭坑夫たちの作業服を仕立てていた。スポーツマンで、ボート競争やボクシングで有名であった。

父、アーサー＝ジョン＝ロレンスは一八四六年に生まれた。七歳のときから炭坑に入り、生涯、その仕事を続けた。頑健な身体の持主であったが、当時の他の炭坑夫と同じように教養はなく、新聞をかろうじて拾い読みする程度であった。(当時は、イギリスには義務教育制度はなかった。義務教育が施行されたのは一八七〇年である。)

ロレンスの父は、朝早く起き炭坑に出かけ、夕方、帰宅する途中、酒場に寄って一杯飲んでくるという毎日であった。ときには、酒を飲みすぎて帰宅がおそくなるということはあったとしても怠惰な坑夫ではなかった。のちに組頭になった。これは、三、四人の坑夫を配下として採掘を請負い、会社からもらった採掘代を坑夫に分けてやる地位であった。したがって平の坑夫よりは一段上で収入も多かった。つらい仕事ではあったが、彼なりの方法で毎日を楽しく過ごしていた。息子たちも、また、坑夫にしようとしていた。父は自分の労働者としての仕事に自足していた。

ロレンスは、子供のころ、父親が好きではなかった。粗野で教養がなく乱暴であった。しかし、その反面、魅力も無意識に認めていた。それは、父親が頑健な肉体を持っているということであった。活力があり、「生命の焔」が肉体から立ちのぼるような感じであった。こういう見方は、ひとつには、ロレンス自身が病弱だったということによるだろう。ロレンスが父親のなかに見た肉体の魅力は、次第にふくらみ、肉体賛美の思想へと発展していくことになった。

ロレンス一家　前列右より，父，アーサー＝ジョン，D.H.ロレンス，母，リディア，妹，エイダ。後列右より，次兄，ウィリアム＝アーネスト，長兄，ジョージ＝アーサー，姉，エミリー

母、リディア＝ビアズオールは一八五二年に生まれた。母の家系には、賛美歌の作詞家として有名なジョン＝ニュートン（一八〇二―八六）がいる。現在でも、彼の作詞したものが教会でうたわれているほどである。ロレンスは賛美歌を好んでいたが、それは、この血筋に

よるものであろう。

母、リディアの父、ジョン＝ビアズオールは、ノッティンガム出身であるが、のち、イングランド南部の港町シアネスのドックで技師長として働いた。父は、また、熱心な清教徒で、リディアにも厳格な教育をほどこした。

清教徒は、宗教改革の結果、ローマ＝カトリックから分離した新教徒の一派である。ヘンリー八世（一四九一―一五四七）は、自分の離婚をローマ法王から認められないため、ローマ・カトリックから分離して、英国国教会をつくった。これが、イギリスにおける宗教改革である。しかし、英国国教は、なお、儀式を重んじる点などカトリックに近かったため、さらに改革を徹底し、教会の浄化をはかろうとした一派が現われた。これが清教徒である。英国において反体制の宗派であったから種々の迫害を受け、その一部は、自由な新天地を求めて、一六二〇年、ピルグリム・ファーザーズとして、メイフラワー号でアメリカ大陸に渡り、アメリカ合衆国の基礎をつくった。

英国では、清教徒は、いわゆる清教徒革命をなしとげた。オリヴァー＝クロムウェルに率いられた、清教徒からなる議会軍は、チャールズ一世軍を破り、一六四九年に王を処刑し共和制をしいた。この戦争で、ハッチンスン大佐（一六一五―六四）の指揮の下に、議会軍は、ノッティンガム城を守り、革命を勝利に導いたが、この防衛軍に、ビアズオール家の先祖のひとりが参加していた。この時代以来、ビアズオール家は熱心な清教徒であった。

ビアズオール家の属していた清教徒の宗派は組合派とよばれるものである。清教徒の特徴は、禁欲的で、非妥協的で、不屈の精神を持っていることである。ロレンスの母、リディアも、こういう性質を持つように教育された。

対立する階級意識

リディアは、一八七五年、アーサー＝ジョン＝ロレンスと結婚した。ノッティンガムに住む双方の親戚の家で会ったことがそのきっかけとなった。清教徒の家庭に育ったリディアが、どうして、正反対ともいえる性質を持った、陽気で屈託のない炭坑夫と結婚する気になったのであろうか。それは、まさに正反対であるという理由で惹かれたのである。アーサー＝ジョンは、リディアの父にはない、底抜けに明るい性格とユーモアを持っていたからである。他方、アーサー＝ジョンも、自分にはないものを彼女に見出した。自分は、中部地方の方言しか話すことができないのに、彼女は、イングランド南部の標準英語を話した。炭坑村の主婦とはまったくちがった「貴婦人」らしさがあった。

言葉を換えれば、リディアは、中産階級の家庭の出身であるのに対して、アーサー＝ジョンは、労働者階級に属しており、二人の結婚は、違った階級間の結婚であった。イギリスの階級は、大別すれば三つの階級に分けられる。上流階級、中産階級、労働者階級である。上流階級は貴族であり、わずかしかいない。世襲制で、財産があるからといってなれるわけではない。労働者階級は、炭坑労働者のような肉体労働者である。上流階級と労働者階級のあいだにあるのが中産階級である。イギリスにおける階級意識はかなり根強いものであり、リディアは、結婚後も、自分の中産階級意識を捨てることがなかった。

結婚当初、二人は幸福であったが、幸福は長くは続かなかった。結婚後、妻は夫に禁酒の誓いをさせた。清教徒である彼女にとって飲酒は悪徳であった。夫は禁酒をまもり、そのしるしの青いリボンをつけた。しかし、これは長くは続かなかった。夫は炭坑からの帰途、酒場に寄りはじめた。妻は夫に妥協することはできなかった。夫から見れば、家庭内では自分の立場を認めてもらえないので、つい仲間がいて話がよく合う酒場で時を過ごすということになった。

人生観の相違から、夫婦のあいだには争いが起こった。この対立は、一方の死によってしか終わらない性質のものであった。さらに、この対立は、息子のロレンスの内部にも持ち越された。ロレンスは、正反対な父母の性格と思想を受け継ぎ、自分の内部で、ある和解をつくらねばならなかった。

奨学金を得て
ハイスクールへ

結婚の翌年には、長男のジョージ＝アーサーが、三年目には、次男のウィリアム＝アーネストが、七年目には、長女エミリーが生まれた。次に三男で、この本の主人公であるデイヴィッド＝ハーバートが、その二年後には次女のレティス＝エイダが生まれ

ノッティンガム・ハイスクール

た。

ロレンスは生後二週間にならぬうちに気管支炎にかかり、無事成長するかどうかあやぶまれた。回復はしたが、頑健な体になることはなく、生涯、呼吸器系統の病気に苦しめられた。小学校は、兄や姉が通った、近くにあった公立小学校であった。小学校時代は、クリケットやサッカーのようなスポーツは嫌いであった。繊細な神経の持主で、炭坑村の荒っぽい男の子たちと遊ぶよりは、むしろ、女の子と遊ぶことを好んだ。小動物、草花や樹木に関心を持っていた。家族で散歩に出たときなど、すみれやその他の草花がはじめて咲いたことに注意をうながすのがロレンスであった。草花好きは母ゆずりのものであり、この性向は、生涯続くことになる。学業においては頭角をあらわして、そのころ新しく設けられた、高校への奨学金試験に合格してノッティンガム・ハイスクールに入学した。炭坑夫の子供としては異例なことであった。

奨学金は一年間十二ポンドで、授業料とイーストウッド、ノッティンガム間の交通費にも足りないくらいであったが、不足分は、母が家庭の諸経費をきりつめて捻出してくれた。高校一年のときの成績はよかった。とくに、フランス語、ドイツ語、国語、作文において秀れている。しかし、第三学年では成績は落ちている。健康を害したことが、その大きな原因であろう。

ノッティンガム・ハイスクールは、一二八九年の創立という、古い歴史を持っている。在校生はレース織物工場主、商店主などの中産階級の子弟であり、ロレンスのように、奨学金によって、入学した労働者階級出身の生徒は、毛色の違ったものと考えられた。しかし、兄たちや姉が行くことができなかった中等学校に進学したことは、ロレンスの将来にとってプラスになったことは容易に想像できる。文筆生活の基礎がつくられたといえよう。しかし、その代償も大きかった。朝早く起きて遠い距離を通わなければならなかったので、肉体的に負担となり、生来丈夫ではなかった彼は、健康をそこねることになった。ハイスクールには三年通って一九〇一年に卒業した。

産業主義の囚人

ハイスクールを卒業したが適当な職業がなかった。父は息子たちが、自分と同じように炭坑夫になることを望んでいたが、母は反対であった。母は、息子たちに、労働者階級ではなくて、自分がかつて属していた中産階級に属してもらいたいと願っていた。ロレンスは、新聞広告を見て、求人に応募し続けた。就職の努力をしながら、自分が「産業主義の囚人」になってしまったことを感ぜずにはいられなかった。産業界というひとつの「牢獄」のなかに入らなければ生きていけないのであった。ロレンスにとって、「産業主義」は、人間性をそこなう束縛であった。

求職の願書の一通に返事が来て、面接を受け事務員として採用された。ノッティンガムのヘイウッド外科医療器具製造会社というところであった。勤務時間は、朝は八時から晩の八時までの十二時間で、木曜日と金曜日は二時間だけ早く終ったが、土曜日は半日ではなかった。このような過酷な条件のほかに、通勤時間がかかるということもあって、勤めはじめてからわずか三ヵ月で重い肺炎にかかって退職しなければならなかった。

中産階級への夢

ロレンスの兄たちについて述べると、長兄のジョージはとくに目立った存在ではなかった。額縁づくりの見習いをしたあと、織物業に従事した。これに対して、次兄のウィリアムは、学業、運動において抜群の能力を発揮して母の期待を一身にあつめていた。母は、自分が中産階級から労働者階級に下ってしまったことを無念に思っていた。日々を楽しく暮らすことしか念頭になく、向上する気持を全然持っていない夫に愛想をつかしていた。夫に幻滅したリディアは、その代りに、息子たちに期待をかけた。中産階級に戻ろうとする夢を、息子たちを通して果そうと思った。ウィリアムは、この母の望みを叶えるのに十分な能力を持っていた。

ウィリアムは、小学校卒業後、炭坑事務所の事務員となり、のち、生活協同組合に勤めた。夜学に通ってタイプと速記をおぼえた。才能を認められて、二十一歳のとき、ロンドンの船会社に、その年齢としては破格の俸給でやとわれた。ウィリアムの未来は洋々たるものであり、母の夢は実現するかに見えた。しかし、丹毒がもとで急死してしまった。この死はきわめて象徴的であった。なぜならば、丹毒の原因は、カラーによる首の擦り傷がもとだったからである。そして、このカラーこそ、母親が中産階級の象徴と考えていたものであった。

ウィリアムは、母の期待を重荷として感じている面もあった。父に似て、毎日の生活を楽しむ性向があり、自分の好みの派手な女性と婚約した。肉体をあらわに見せた写真を送ってよこすこの女性は、母には軽薄に思えた。母の意向にそいたいという気持と、自分の性向との板ばさみになって苦しんだウィリアムは、中産階級を志向する、清教徒のきびしさを持つ母に押しつぶされた、一種の犠牲者であった。

次男の死は、リディアにとってショックであった。何事も手につかず、ぼんやり虚空をみつめながら時を過ごすという毎日が続いた。このまま続けば、リディアの生活は破滅するかに見えた。この母を救ったのは、皮肉にもロレンスの病気であった。前述したように、外科医療器具製造会社に勤めてからわずか三ヵ月でロレンスは重い肺炎にかかった。生来、頑健ではなかった上に、労働条件が過酷で、さらに通勤時間がかかるということが原因であった。一時は危篤状態になった。これを見た母は、眠りから覚めたように、息子の生命を救うために必死になって看病した。その結果、ロレンスは一命を取りとめることができた。次男の急死によって方向を見失っていた母の愛と期待は、今度は、三男のロレンスに向けられることになった。次兄に代って、ロレンスは、母の中産階級への夢という重荷を負うことになった。

自然のなかへ

ハイスクールをおえるころ、ロレンスは、ジェシー=チェンバーズという少女と知り合いになった。これから二人の交際は十年以上にわたって続いた。ロレンスの文学的成長にジェシーが果した役割は、はかり知れないものがある。最初、二人の母親たちが知り合いになった。イーストウッドの組合派の教会で、二人の母親は帰りがけに目が合って話しはじめたのである。チェンバーズ夫人も、ロレンスの母と同じように敬虔な清教徒であり、話がよく合った。チェンバーズ家は、イーストウッドの北方、約三キロの所にあるハッグズ農園で農業を営んでいた。ロレンスの母は、その農園を訪問する約束をしていたが、すぐには果せず、三年後に、ようやくロレンスを連れて訪問した。

ハッグズ農園のあたりは、炭坑住宅地区とは違って、美しい自然がひろがっていた。炭坑住宅地区にだけいたならば知ることができなかった自然の美しさを知った。最初は母と一緒であったが、その後は、ひとりで、しばしば訪れた。家の中で遊ぶだけではなくて、一家と一

ジェシー=チェンバーズ

緒に農場に出て仕事の手伝いをした。ジェシーの父親は、「バート（ロレンス）がそばにいると面白いように仕事が進む」といったという。牛などの家畜を近くで見たことも、ロレンスの動物に対する親しみを増すきっかけになった。

自然の美しさのほかに、チェンバーズ家の親切なもてなしも、ロレンスに対して深い感銘を与えた。はじめは、ジェシーの兄弟と親しくつきあった。その後、ジェシーに対して関心を抱き、二人は深い交際をすることになる。ロレンスは、晩年、ジェシーの弟のデイヴィッドに次のような手紙を書いているが、いつわりのない真情であろう。「たとえ何を忘れようともハッグズ農園だけは忘れません。——私はそれほど好きだったのです。あなたたちに会いに行くのが楽しみだったのです。本当にあそこで私の内部に新しい生命が生まれたのです。」「新しい生命」を形づくるものは種々あるが、そのなかで重要なものは、自然への愛の芽生えである。

三　作家としての出発

文学の友

ジェシーは、ロレンスの生涯に最も重要な影響をおよぼした女性のひとりである。彼女は一八八七年一月生まれであるから、ロレンスより二歳近く年下である。二人がはじめて会ったとき、ジェシーは十四歳であった。はじめは、ロレンスは、兄たちと親しく交際していたが、次第に、ジェシーに関心を持つようになった。彼女は、勉強好きな少女であったが、勉学をする機会が与えられなかった。当時、この階層では、男子でも、ロレンスのように奨学金をもらって中等学校に進学できたものはきわめて例外的であった。とくに女子の場合は、上級の学校での勉学の道はきわめて狭いものであった。女子に勉学が必要だという考えはまだほとんどなかった。オックスフォードやケンブリッジのような大学は女子を入学させなかった。別に、女子の高等教育の機関は創立されていたが、まだ日が浅く、入学できたのはごく少数の人だけであった。

ジェシーは、学校で勉強する機会は与えられず、食事の用意その他の家事の手伝いをさせられていた。彼女は、そういう生活に満足することができずに、文学書を読み、想像の世界に没入していた。この少女の前に、やはり文学好きな少年が現われれば、互いに親しくなるのは当然であろう。

知識欲に燃えていたジェシーは、ロレンスがハイスクールで習った代数、幾何やフランス語を教えてもらった。また、二人は一緒に文学書を読み読後感を語り合った。これにより互いに刺激を受け、文学趣味が培われていくことは容易に想像される。

ロレンス家には、ロレンスの次兄ウィリアムが購入した名作選集があった。また、ロレンス家は図書館を利用した。ジェシーも、よくここから本を借り出している。この図書館は木曜日の晩二時間だけ開館するものであった。当時すでに、炭坑町にこういう図書館があって利用されていたということは驚きであるが、イギリスは公立図書館の制度の先進国であった。読んだ作家は、スコット、ディケンズ、スティーヴンスン、ジョージ＝エリオット、ブロンテ姉妹、ロングフェロー、フェニモア＝クーパー、エマスンなど、十九世紀の英米の作家であり、かなり広い範囲にわたって読んでいる。これらの作家は、現代では古典的であるが、当時にあっては、現代文学という感じであったろう。

詩もよく読んでいる。とくによく読んだのは『黄金詞華集』（ゴールドン・トレジャリー）とよばれる、十六世紀から十九世紀までの英詩のうちで、短い抒情詩をあつめたアンソロジーである。F・T・ポールグレイヴが編さんして一八六一年に出版したものであるが、選択に当を得ているため評判がよく、百二十年以上たった現在でもなお広く読まれている。ロレンスは、これをポケットに入れて持って歩き、機会があるごとにジェシーに朗読してきかせて全部読み終えたという。詩を読むばかりでなく自分でも書きはじめた。十九歳のときである。ジェシーはロレンスの詩を賞賛した。よい理解者を得て、ロレンスの創作欲は刺激された。後で述べるように、詩作によって作家への道をはじめることになる。

「尼」

ジェシーは、まもなくロレンスに対して愛情を抱いた。二人が仲間と一緒にピクニックに行ったときのことであった。ジェシーが一行からおくれてひとりで歩いていくと、道の真中にロレンスがしゃがんでいた。こわれた傘を直しているのであった。兄のものを借りてきたので、こわれたままにほおっておくことはできないという。苦痛にみちたといってもよいほどの真剣な顔付きにジェシーは心を動かされた。このときジェシーは、自分が愛情を感じているのに気が付いた。

ジェシーの愛情は、次の挿話にもあらわれている。ロレンスは、ハッグズ農園によく自転車でやってきた。あるときブレーキが故障してしまった。ブレーキがないと危険だとジェシーが忠告すると、金がないから修理できないという。それをきいて、後でジェシーはロレンスに修理代を送金してやった。後で述べるように、ジェシーは、ロレンスが作家として出発するきっかけさえつくってやっている。陰になり日向《ひなた》になってロレンスのために尽している。

二人は、一時婚約していたが、結婚することはなかった。ロレンスには、ジェシーとの結婚を踏みとどまらせるものがあった。そのうちで一番大きい理由は、母との強い結びつきであった。兄のウィリアムの死後、母の愛はロレンスの一身に注がれたことはすでに述べた通りである。炭坑夫の夫に愛想をつかしてしまった母親は、あたかも夫を愛するかのように息子を愛したのである。この母との強い結びつきのため、ロレンスは、他の女性を愛し結婚することができない精神状態になっていた。

また、ジェシーは、ロレンスが理想と考えていたタイプの女性ではなかったことも、結婚へと踏み切れなかった理由である。ロレンスは、情熱的な女性にあこがれていた。たとえば、そのころ読んでいた小説のヒロインとして、ジョージ＝エリオットの『フロス河畔の水車小屋』のマギー＝タリヴァーや、シャーロット＝ブロンテの『ジェーン・エア』のジェーンが好きであった。マギー＝タリヴァーもジェーン＝エアも、社会の習俗にとらわれずに行動する情熱的な女性であった。

このようなヒロインに比べれば、ジェシーは、おとなしく保守的で道徳的な女性である。彼女の母親は、敬虔な清教徒であり、その影響を受けていた。ロレンスはジェシーを「尼」とみなすようになった。道徳的で情熱がとぼしいということである。あれほどロレンスのために尽しているジェシーに対してあまりにも冷たい見方ではあるが、どうにもならぬ気質の差異であった。

大学へ

肺炎のため、三ヵ月間勤めただけで、ヘイウッド外科医療器具製造会社をやめたあと、静養していたが、翌一九〇二年、イーストウッドの小学校ブリティッシュ・スクールの助教員になった。ちょうどこの年、新教育法が制定されて、助教員は、指導センターで、講習を受けることになった。ロレンスは、仲間の助教員と一緒に、週に三日、五キロほど離れたイルキストンのセンターに通って指導を受けた。仲間は「異教徒」というグループをつくった。このなかには、ジェシーもいたが、後にロレンスと婚約することになるルイ＝バローズも加わっていた。四年間勤めたあと、ロレンスは、大学へ進むことができた。三年目に大学入学試験に合格したのであるが、必要な二十ポンドの前納金の都合がつかないために一年間入学を延期したのである。

一九〇六年、二十一歳のとき、ロレンスはノッティンガム・ユニヴァーシティ・カレッジに入学した。現在のノッティンガム大学の前身である。彼の入った教育学部には二つのコースがあった。ひとつは文学士の学位を取るコースであり、他は、教員免許状のみを取得するコースであった。ロレンスが選んだのは後者であり、二年間在学したが学位は取っていない。学位こそ取らなかったが、大学に進学できたことは、作家としての活動にとって有意義であったことは当然である。多くの文学書を読んだ上に、最初の長編小説の筆を取ったのもこの時期であり、また、最初に作品が公刊されたのも在学中であった。

一九〇七年、地方新聞『ノッティンガムシャ・ガーディアン』は、クリスマス期に掲載する三編の短編小説を懸賞募集した。賞金は各編三ポンドであった。ロレンスは賞金九ポンドをもらおうと三編の短編を送った。「伝説」（後に「ステンドグラスの断片」と改題）、「序曲」、「白い靴下」である。

ノッティンガム大学

これらを、自分と、二人の女友だち、すなわち、ジェシーとルイの名前で送った。このうち、ジェシーの名前で送った「序曲」が当選した。十二月七日の同紙上に掲載された。これが、ロレンスの作品が活字になった最初である。

「序曲」は、境遇がちがってしまったために心ならずも疎遠になってしまった若い男女が、クリスマス・イヴに互いに相手の家を訪問して愛を確かめる物語である。身分、階級の差と愛情の問題というロレンスの生涯のテーマがすでに現われている点、興味深い。

大学の授業については、ロレンスはかならずしも満足しなかったが、その学殖によってロレンスを惹きつけたひとりの教授がいた。近代語の主任教授であり、フランス語の恩師であったアーネスト=ウィークリーである。教授も、また、ロレンスを優秀な学生として注目していた。大学で知り合った師弟は、後年、ふたたび会い、不思議な運命を辿ることになる。大学は、ロレンスに予期せぬ人生の転機を用意することになった。

文壇への登場

一九〇八年六月、教員免許状を取得して大学を卒業し、十月から、ロンドン郊外、クロイドンの小学校、デイヴィッドスン・ロード学校で教えはじめた。病気で退職するまで約三年間勤務した。教師としてはまず合格であった。ロレンスが興味を持った科目は国語、図画、生物であった。

しかし、彼は、教職だけで満足することができなかった。文学作品を読み、最初の長編小説『白くじゃく』の原稿も書き続けていた。文学書を読むのに、当時、ロレンスが利用したのは、クロイドン中央図書館であった。このころは、英文学のほかに外国文学、すなわち、フランス文学、ロシア文学などを広く読んでいた。とくに、ロシア文学は、英国で熱心に読まれはじめたころであった。この流れのなかで、ロレンスはトルストイやドストエフスキーを読んだ。

とくに、トルストイの『アンナ・カレーニナ』に対する見方には、当時のロレンスの思想が表われている。トルストイは、アンナを殺すべきではなかったとロレンスは読後感を述べている。たしかに、夫ある身でありながら、ウロンスキーと恋におちたことは姦通であり、道徳的に許されないことではあるが、しかし、人間は、社会の道徳を越える存在である。たとえ、社会の道徳にそむいたとしても、自己を否定する必要は全然ないのであって、むしろ、アンナは、自分の情熱に誇りを持って生きるべきだったとする。「情熱の誇り」によって生きる主人公を描けなかったことがトルストイの限界であったとする。

フォード=マドックス=フォード

すでに述べたように、これまでの読書において、『フロス河畔の水車小屋』のマギーや『ジェーン・エア』のジェーンのような情熱的な女性に対する愛着が見られるのであるが、アンナ=カレーニナもそのような系譜の女性として見ていることになる。

クロイドンにおいても、ロレンスは文学上の友人を持った。そのひとりが、ヘレン=コークである。イーストウッドにおいて、ジェシーが持っていたような関係を、ヘレンはロレンスに対して持っていた。愛情すら芽生えたが、ジェシーへの遠慮もあって、それ以上進まなかった。

他方、ノッティンガムでは、ジェシーは、ロレンスを文壇に登場させるために努力していた。一九〇八年に『イギリス評論』という文芸誌が新たに発刊され、ジェシー一家も購読していたが、ジェシーは、ロレンスの作品をこの雑誌に送った。これが編集者に認められて掲載され、ロレンスは作家になるきっかけをつかむことになった。ジェシーによれば、筆名ならば作品を送ってもよいとロレンスが許可していたといい、ロレンスは許可していないという。このように、自分の強い希望によることなしに行われた投稿によって、ロレンスは作家への道を進むことになった。当時の『イギリス評論』の編集者は、フォード=マドックス=フォードであった。フォードはすでに小説家として活動をはじめていたが、編集者としてもすぐれ、才能のある新人を発掘している。ロレンスの他に、ウィンダム＝ルイスやアーネスト＝ヘミングウェイの才能も発見している。

一九〇九年の十一月号に、ロレンスの詩、「静かな午後」が掲載された。これが作品が文芸誌に載った最初であり、これをきっかけとして、作家生活へと順調なスタートをすることになる。フォードによると、ジェシーが最初に送って来た作品は、短編、「菊の香り」と詩であったという。そのとき、フォードは、ロレンスの作品に何を見たのであろうか。フォードは回想録のなかで次のようにいう。

短編、「菊の香り」を読み出したのは日暮れ近くであり眼も疲れており、作品を全部読み通したわけではなかった。それどころか、最初の一節しか読まなかった。それにもかかわらず作家としての才能があることを知った。それはどのような点かといえば、描写力がすぐれていることであった。この作品の舞台は炭坑地帯であり、最初の一節では、貨車をひっぱって機関車がのろのろ走ってきて、それまで線路を歩いていた中年の女性がわきによけ、汽車の物音に驚いた仔馬が走り出す。列車を描くにあたって、機関車の番号が四号であるとか貨車の台数は七台であるとかと具体的に示されているのがよく、また、「仔馬が駆け出して機関車との距離をあけた」と書くことによって、列車ののろさが的確に表現されている。また、その女性が腕に「かご」をさげている、と描写することによって、女性がどの階級に属するかさえ的確に表現している。

フォードがロレンスの才能を発見したのは表現力の卓越性によってであったことは興味がある。

しかし、当然のことであるが、作家における描写や表現を支えているものは、感受性や思想である。

ルイ＝バロウズとの婚約

もし、ジェシー＝チェンバーズがいなかったならば、ロレンスはこれほど順調に作家として出発することができたであろうか。もしいなかったとしても、おそかれ早かれ、文壇へ登場したであろうが、その時期は遅れたのではないかとは十分考えられる。ジェシーは、ロレンスのために尽力したことはあきらかである。ロレンスの言葉を使うと「王女が進水式のテープを切って船を進水させるように」スタートを切ったということであるが、ジェシーはこの「王女」であった。

ところが、現実には、ロレンスはジェシーから次第に離れて行くことになる。もちろん、このような形で援助することと結婚することとは別のことではあろうが、ジェシーは、強い愛情を抱いており、ロレンスさえその気になれば二人は結婚したであろう。しかし、二人の関係は、ジェシーの好意を裏切る形で進んで行った。すでに述べたように、ロレンスは、ジェシーのなかに「尼」的な性格を見ており、結婚に踏み切ることができなかった。ジェシーに代って登場した女性はルイ＝バロウズである。

前述したようにルイは、助教員指導センターに通っていたころの仲間のひとりであった。ルイも、

ルイ＝バロウズの家とルイ＝バロウズ（右上）

ロレンスと同じようにノッティンガム大学で学び、卒業後、故郷に近いレスター州の小学校の教員をしていた。ルイが、ジェシーについで親しい友人であったことは、懸賞短編に応募したとき、ジェシーと同様に、その名前を借りた一事からもうかがわれる。一九一〇年の十二月三日、故郷にもどっていたロレンスは、突然、汽車のなかでルイに求婚して受け入れられた。ロレンスの説明によると、ジェシーは「魂まで要求している」ので息が詰まるのに対して、ルイのことを考えると「一種の暖かい光線を感じて幸福になる」のである。

最初は、明日にでも結婚したいと思っていたが、二人で生活するための経済的な基盤がまだ十分ではないということもあって、結婚はのびのびになった。そのあいだ、ロンドンの郊外とレスター州の間で手紙がかわされていた。しかし、二人の関係は、はじまったときと同じように突然切れることになった。一九一二年二月、ロレンスは、婚約を解消したいという手紙をルイに送った。重い肺炎にかかって身体が衰弱し、結婚生活は無理だと医師にいわれたというのである。たしかに、この肺炎のため、小学校を退職しなければならなかったのだから、健康上の理由は十分考えられるのであるが、かならずしもそうばかりとはいえないようである。なぜならば、その理由だけならば、結婚を先にのばすことはあっても婚約を破棄する必要はなかったからである。事実、この三ヵ月あと、ロレンスは、他の女性と駆け落ちしたのである。

その後もルイは、ロレンスへの愛を忘れることができなかった。その年の九月の誕生日にはお祝いの手紙を出している。十一月にロレンスから他の女性と結婚するという手紙をもらって、到頭あきらめたらしい。ここでロレンスあての手紙は終っている。この後六十歳を越えるまで結婚しなかった。ロレンスの死んだあと、南仏にあった墓を訪れている。また、ロレンスからの多数の手紙を終生保存していた。

母の死

ロレンスがルイと婚約した直後の一九一〇年十二月九日、母はなくなった。癌であった。ウィリアムの急死のあと、母は、ロレンスを愛し、将来を期待していた。その結びつきは、ふつうの母と子の結びつき以上であった。成長するにつれて、たしかに、ロレンスは母の愛を重荷と考え、その束縛から逃れようとするのであるが、母はロレンスにとって無視することができない大きな存在であった。その死が、精神的打撃であったのは当然である。「花嫁」という詩で次のように悼んでいる。

愛する人は今夜少女のようにみえるが、
　年老いている。
枕の上の編んだ髪は
　金色ではない、
細い銀糸がまじり、
　無気味に冷たい。

いや、花嫁のように眠り
　満ちたりた生活を夢みる。
愛する人は夢を見る姿で横たわっている。
　死者の口は
澄んだ夕べのつぐみのようにうたう。

ロレンスは、最初の長編小説『白くじゃく』の一部を特別に早く製本してもらい、母の病床に届けたが、すでに衰弱しきっており、愛する息子のはなやかな門出を祝福してやることすらできなかった。

処女長編小説の出版

『白くじゃく』は一九一一年一月に出版された。はじめてロレンスの才能を発見した『イギリス評論』の編集者、フォード＝マドックス＝フォードの尽力によるものであった。書評を見ると、おおむね好評であり、小説家として上々のスタートを切った。

この作品は、大学へ入る少し前から書きはじめられており、最初、「ネザミア」という題名であった。「ネザミア」というのは、作品中でムアグリーン貯水池付近の名前である。すでに述べたように、貯水池の近くにジェシー＝チェンバーズの家があり、このあたりの自然の美しさによって少年時代のロレンスの想像力は、はぐくまれている。「ネザミア」という題名にして、この付近を舞台としたことは当然のことである。

登場人物も現実の人間をモデルにしている。作中のサクストン家は、チェンバーズ家であり、ビアズオール家はロレンス家であり、テンペスト家は、炭坑所有者のバーバー家である。筋は、農夫のジョージ＝サクストンが、レティ＝ビアズオールに求愛するが、レティは、それを断り、炭坑主のレズリー＝テンペストと結婚してしまうということである。ここに、ロレンスの重要な主題である、愛情と階級という問題があらわれている。農夫であるジョージと中産階級のレティの愛は成就しないのである。ロレンスの父は労働者階級であり、母は中産階級出であり、二人の間には、一種の断絶感があったことはすでに述べた通りであるが、現実生活での体験が、少し形を変えながらこの小説に現われている。

また、わき役ではあるが、特異な人物が登場する。アナブルという森番である。森番というのは、貴族や大地主の所有する森で、狩猟用の鳥獣を保護している者のことである。アナブルはケンブリッジを卒業した牧師であったが、身分は高いが、高慢で冷たい妻に嫌気がさして離婚し、外国を放浪したあと、身分の低い妻と再婚して幸福な生活を送っている。ここにも階級の問題があるが、アナブルは、きわめて大胆な思想を説いている。「現代文明はくさったきのこだ。」「立派な動物になれ、動物的本能に忠実であれ。」これは、現代文明は知性中心の文明であり、人間のもうひとつの面、すなわち肉体を軽視しているというのである。ロレンスが、この後、追求していくことになる現代文明批評が、すでに、処女作のなかで一登場人物を通して語られている。

この作品の原稿の一部は不穏当ということで、出版直前に出版社の要請で変更させられた。これは検閲をおそれたための措置であった。はやくも処女作出版であらわれたこの問題は、ロレンスを生涯苦しめることになる。

四　新しい女性との出会い

フリーダとの出会い

ロレンスの生涯における最大の事件のひとつは、後に妻となったフリーダとの出会いである。もし、彼女と会うことがなかったならばロレンスの生涯はずいぶん違ったものになったであろうし、執筆した作品の性格も異なったものとなったであろう。

一九一二年三月、二人ははじめて会ったが、その直後、友人あてに書いた手紙のなかで、ロレンスはこう述べている。「彼女（フリーダ）はすばらしい——これまで会ったことのないすてきな女性だ。」この言葉が示すように、フリーダは、ロレンスがそれまで会ったうちで一番魅力ある女性であった。

ロレンスがフリーダにはじめて会ったとき、彼女はノッティンガム大学教授アーネスト＝ウィークリーの妻であり三人の子供の母であった。ウィークリーは、ノッティンガム大学においてロレンスの恩師であった。その学殖にロレンスは敬意を表していた。ロレンスは、就職を頼むために恩師の自宅を訪問した。その年の三月に、約三年半勤めていたデイヴィッドスン・ロード学校を肺炎のため退職していた。彼は、ドイツの大学で英語の講師になることを考えていた。小学校に比べると勤務もきつくなく健康をそこねることもないだろうと思ったのである。ウィークリーは、ノッティンガム大学の教授になる前は、ドイツ南部のフライブルク大学の英語の講師をしておりドイツには知己が多かったからである。

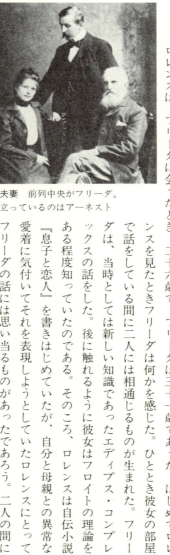

ロレンスは、フリーダに会ったとき、二十六歳で、フリーダは三十一歳であった。はじめてロレンスを見たときフリーダは何かを感じた。ひととき彼女の部屋で話をしている間に二人には相通じるものが生まれた。フリーダは、当時としては新しい知識であったエディプス・コンプレックスの話をした。後に触れるように彼女はフロイトの理論をある程度知っていたのである。そのころ、ロレンスは自伝小説『息子と恋人』を書きはじめていたが、自分と母親との異常な愛着に気付いていてそれを表現しようとしていたロレンスにとって、フリーダの話には思い当るものがあったであろう。二人の間に理解が急速に深まった。

ウィークリー夫妻　前列中央がフリーダ。
両側は両親，立っているのはアーネスト

帰宅したロレンスは、すぐ彼女に手紙を書いた。「あなたは英国中で一番すばらしい女性です」と。また、フリーダが、結婚

ウィークリー夫妻の住んでいた家

生活に決して満足していないことを指摘した。たしかに、表面的には何ひとつ不足のない生活を送っていたのであるが、そういわれてみるとフリーダは自分が自分の本性を殺した生活を送っていることも認めざるを得なかった。

英仏海峡を越え ドイツへ

フリーダがロレンスに愛情を感じたのは、その後、間もなくしてからであった。彼女が子供を連れてロレンスと一緒に野原に散歩にでたときであった。小川のほとりで、ロレンスは子供たちのために紙で舟をつくって浮べ、そのなかにマッチをのせて流したり、また、ひな菊を流したりして子供たちを楽しませた。子供たちと遊んでいるときの熱中しているロレンスの姿を見てフリーダは彼を愛しているのを感じた。これは、かつてジェシーがロレンスに愛情を感じたときと似ている。兄から借りてきたこうもり傘をこわしてしまい、それを直そうと夢中になっているロレンスの姿を見たときに、ジェシーははじめて愛情を感じたのである。

ロレンスは、ウィークリーにかくれて情事を持つことを拒んだ。フリーダを好きになったのは、浮気の相手としてではなくて、結婚の相手としてであった。彼は、フリーダに、夫を捨て、自分と一緒に駆け落ちをしてくれるように頼んだ。フリーダはためらった。いくら、夫との結婚生活に不満なものがあるといえ、三人の子供がおり、経済的には安定しており、夫は社会的地位があった。しかし、そのとき、フリーダの内部には、自分にはどうすることもできない強い力が働いた。はじめて知りあってから約一ヵ月後の五月三日、二人は、手を取りあって英仏海峡を船で越え、ドイツに向った。

フリーダの父、フリードリッヒ＝フォン＝リヒトホーフェンはドイツの貴族地主の息子で、男爵で、職業軍人であった。当時はドイツ領であった、独仏国境地帯の町、メッツに駐屯しているときに結婚して、三人の娘が、一八七四年、七九年、八二年に生まれた。二番目の娘がフリーダである。母親のもとの名はアンナ＝マルキエルといった。

一番上の娘のエルゼは才能ある女性であった。十七歳のとき小学校の教師になったがその後、ハイデルベルク大学に入学して、著名な社会学者マックス＝ウェーバーのもとで社会学を専攻し博士号を取得した。それまで、女子に対して門戸を閉じていたハイデルベルク大学に入学を許可された最初の女性であったという一事からも、エルゼがいかに先駆的な女性であったかがわかる。卒業後は、カールスルーエ州の工場調査官に任命され、女子労働者の権利を守るために尽力した。

フリーダがロレンスと一緒にドイツに渡ったころ、エルゼは、マックス＝ウェーバーの弟でハイデルベルク大学の政治経済学教授のアルフレート＝ウェーバーと同棲生活をしていた。エルゼにはエド

エルゼ=ヤッフェ

ガー=ヤッフェという夫がおり、子供もいたが、一九一〇年ごろ、恩師のマックス=ウェーバーと愛人関係になった。しかし、ウェーバーの妻は自分の親友であったので、遠慮して身を引き、弟で、以前から自分に対して好意を持っていたアルフレートと公然と同棲するようになった。彼女が、男女関係において、このような自由な考えを持つに至った背景には、後に触れるひとりの思想家の存在があった。

フリーダ

フリーダは、姉のエルゼと違って、勉学は好きではなかった。苦しいことはせず、毎日の生活を楽しむというタイプであった。練兵場へ行き、兵士たちと一緒に歌をうたったりした。また、男性の歓心を買うような振舞をした。結婚までに深い恋愛も経験した。十六歳のとき、いとこで軍人であるクルト=フォン=リヒトホーフェンと恋愛した。かなり親しい交際をしたが結婚までには至らなかった。つぎに、カール=フォン=マルバール中尉と交際したが、今度も結婚までは行かなかった。フリーダに財産がないことが障害になった。当時、ドイツの士官は、自分の地位を保持するために財産が必要であった。自分にない場合は、財産のある女性と結婚するという習慣であった。マルバールはフリーダと結婚したいと思いながらも、彼女に財産がなかったため断念せざるを得なかった。しかし、その魅力を忘れることができず、後年、二人の間に文通が再開したとき、こう述べて、結婚しなかったことを後悔している。「今になってわかったが、もしあのとき士官をやめてきみと結婚して他のことを始めたら、ひとかどの作家かジャーナリストになれたろう。」

結婚

一八九九年、フリーダは、イギリスの言語学者アーネスト＝ウィークリー（一八六五―一九五四）と結婚した。ウィークリーは家が貧しかったため苦学しながら勉学を続け、ケンブリッジ、ロンドン、ベルン、パリ、フライブルクの各大学で学んだ。一八九八年、三十四歳でノッティンガム大学のフランス語教授となり、近代語学科の科長を兼ね、それ以来、一九三八年まで四十年間同大学に在職した。主要な研究テーマは英単語の語源であった。主要著書は『英単語のロマンス』（一九一二）や『英語語源辞典』（一九二一）である。ノッティンガム大学教授の職を得たとき、彼はドイツ南部のフライブルク大学の英語の講師であった。そのころ、ひとりの美しい女性と知り合った。彼は、たちまちその魅力のとりこになった。この女性がフリーダである。彼女は、この地方にある寄宿学校で花嫁修行をしていた。ある教授に紹介されてウィークリーに会った。十四歳も年上の男性とどうして結婚する気になったかといえば、これまで交際した男性たちにはなかった堅実な考え方にひかれたし、また、この結婚によって安定した生活を送れると思ったからである。

フリーダ

夫に従って英国に渡りノッティンガムに住むことになった。一男二女をもうけたが、地方都市の刺激のすくない単調な生活にまもなく飽きてきて、夫に秘密に情事を持つようになった。最初の愛人は、ウィル＝ダウスンというレース織物工場の社長であった。

これは単なる遊びにすぎなかったが、この後、自分の思想を変えるような恋人にあった。オーストリアの精神医学者オットー＝グロース（一八七七―一九二〇）である。一九〇七年、フリーダは、ドイツに旅行した。メッツで両親に会ったあと姉のエルゼをミュンヘンに訪れた。

当時のミュンヘンは、自由思想で満ち溢れていた。伝統を否定する革新的芸術家、詩人、無政府主義者がたむろしていた。保守的な精神風土のノッティンガムとはまったく異なった雰囲気であった。フリーダは、エルゼを通して、このグループと接触するようになった。このグループのひとりで、なかでも急進的な無政府主義者がグロースであった。フリーダは彼から受けた影響をこう述べている。「それまで私は因襲的な型にはまった生活を夢遊病者のように送っていたが、彼が私の本来の自己を目覚めさせてくれた。」

オットー＝グロース

オットーの父親ハンス＝グロースはオーストリアの犯罪学者であり、その思想の根底には秩序の擁護があった。父の権威と体制的思想のもとで教育されてきたオットーは、それに真向うから反発するようになった。彼は神経学と精神医学を専攻したが、最初の著作『大脳の二次的機能』（一九〇二）において、人間を二つのタイプに分類している。一方は実際的で現実的であるが、感情面は弱く想像力もとぼしい。他方は、感受性が豊かで想像力がある。前者には父親が属し、後者には自分が属する。このようにオットーは、体制的思想の持主である父親と正反対の立場にあることを確認し、父親に敵対することによって自分の思想を発展させていった。社会におけるあらゆる権威は父の変形であると彼には思われた。この権威に対してオットーはアナーキズムと完全な自由を主張した。

　オットーは、精神分析の創始者ジグムント＝フロイトに学んだ。フロイトが独創性があるとして信頼していた弟子が二人いた。ひとりは、後に独自な学説をつくりあげたC・G・ユングであるが、他は、オットー＝グロースであった。フロイトはオットーの才能を認めながらも、その方法が正統的でないとした。精神医は患者を治療する医者であるべきなのに、オットーはそれを逸脱しているというのである。オットーは、単に医者であることに満足できず、哲学者となり革命家になっていった。彼は、性は完全に自由であるべきだと主張し、現在のような一夫一婦制の社会制度では、だれしもノイローゼになるのは当然であるとした。

幼年時代のオットー＝グロース

　オットーは、フロイトの学問の方法は評価したが、それは政治的に中立であり、体制に組み込まれていると批判した。オットーは結婚してはいたが性生活は奔放で、多くの女性と関係があった。快楽こそ彼にとって唯一の価値であった。フリーダ＝ウィークリーもオットーの愛人のひとりであった。

オットーとエルゼ

フリーダの姉エルゼは、学生時代から、オットーの妻になった女性と友人であった。その友人を通してオットーを知った彼女は、その魅力にひかれて愛人になった。子供さえ生まれた。しかし、やがてエルゼは愛想をつかしてしまう。なぜならば、オットーがまったく無責任な人間であることがわかったからである。エルゼの親友で、彼の愛人のひとりが妊娠したとき、その責任をとらなかったのである。女性と自由に肉体交渉を持つところまでは、当然、エルゼは認めていた。しかし、その結果として子供が生まれるならば、その養育の責任を負うべきであった。それなのにオットーは責任を負わないばかりか、その妊娠した女性を自殺させるようにしむけたり、国外に逃げて義務を免がれようとした。思想の如何を問わず、このことはエルゼには許すことができなかった。

エルゼは、コカインやモルヒネを常用しているオットーに対して服用しないよう忠告した。麻薬の使用によって精神まで荒廃していくのをおそれたのである。エルゼの不安は現実となって、オットーは麻薬によって身を滅ぼすことになった。一九二〇年、麻薬常用のため廃人同様になり、行き倒れ同然で死んだ。

オットーとフリーダ

フリーダがオットーと知り合いになったのは姉のエルゼを通してであった。ミュンヘンに姉を訪れたフリーダは、オットーに紹介され、姉同様その魅力のとりこになった。はじめは彼の説く思想を理解できなかった。しかし、聞いているうちに、それは自分自身が日頃ぼんやり心に抱いていた考えであることがわかってきた。「性が自由でありさえしたら、世界はすぐに天国に変る」と彼女はひそかに考えてきたが、これに明確な形と思想の裏付けを与えたのがオットーであった。

他方、オットーの方もフリーダに魅《ひ》かれた。姉以上に魅力を感じた。ウィークリーと別れて自分のところへ来るようにと誘った。彼からもらった手紙を関係が終ったあともフリーダは大事に保存しておいた。後に、ロレンスと駆け落ちしたあと、このオットーからの手紙を夫ウィークリーに送った。過去の彼女が、いかにノッティンガムでの結婚生活に退屈して、夫にかくれて情事にふけっていたかを知らせることによって、しぶっている夫を離婚に踏み切らせようとしたのである。その手紙のひとつで、オットーは、フリーダを「未来の女性」であるとして次のように述べている。

あなたは、今日、道徳律としての貞節、キリスト教、民主主義や、その他それに類したすべてのナンセンスから自由な唯ひとりの人なのです。黄金の子よ、あなたはどのようにしてこのような奇蹟を行ったのか。陰うつな二千年間の呪いと汚れを、笑いと愛によって魂に寄せつけないようにどうしてできたのですか。

オットーはフリーダが妊娠することを願ったがそうはならなかった。フリーダは彼に指輪を贈った。それには三人の女性像が刻まれてあった。それは、フリーダ自身、姉のエルゼとオットーの妻を表わすものであった。三人の女性は彼の思想に共鳴し、それに従って行動したが、この関係も長くは続かなかった。エルゼが愛想をつかして去り、フリーダもウィークリーと別れなかった。麻薬中毒にかかった、その生活の不健全さを知ったからである。

フリーダは結局、オットーとは離れたが、彼との出会いによって決定的な影響をうけた。道徳の束縛から解放された性の自由の思想は彼女の心の奥深く根付いた。ロレンスがノッティンガムのウィークリー教授の家ではじめて見たフリーダは、このようにして生まれ変ってしまったあとのフリーダであった。一目見て、それまで交際した女性とはまったく違うと感じたのは当然である。当時のミュンヘンのきわめて自由な雰囲気は彼女を通してロレンスにも伝わって来た。保守的な英国の地方都市ではまったく感じられないものであった。彼はフリーダの中に、これまでひそかに考えたり感じたりはしていたが、実際には見たことがなかった新しい女性を見、新しい世界を見た。オットーが手紙の中で述べているように、彼女は道徳や束縛から自由な「奇蹟」的な存在であった。清教徒の母親や、これまで交際してきた保守的で道徳的なジェシー＝チェンバーズやルイ＝バロウズとはまったく対照的な女性であった。

ロレンスは、フリーダを、オットーと同じ眼で見たが、フリーダも、ロレンスを、「オットーの再来」であるとみた。オットーにおいて共鳴したものがロレンスにあると感じた。オットーのときは、その生活の乱れに嫌気がさして離れたが、ロレンスの場合は、夫ウィークリーを捨てて、共に英国を後にした。

フリーダとの生活

オットーは一夫一婦制に基づく結婚制度を認めなかったが、ロレンスは違っていた。彼はキリスト教の伝統的結婚観に忠実で、人間生活において結婚が重要であると考えており、同棲生活だけでは満足できなかった。正式にフリーダと結婚しようとした。まずそのためには、フリーダがウィークリーと離婚することが必要であった。ロレンスは恩師のウィークリーに手紙を書き、夫人と駆け落ちしたことについて真情を吐露している。その一部にはこう書かれている。

私は奥様を愛していますし、奥様も私を愛しています。私は気まぐれや生意気な気持からこうしていくのではありません。奥様がいじけてしまって、伸びることができなくなるのをおそれているのです。奥様は自分自身の生活をしなければならないのです。女性には巨人になる素質があるのです。したがって女性はあらゆるものを突き破り、自分の生活を伸ばしていかねばならないのです。

しかし、ウィークリーは簡単には離婚には応じなかった。たびたび、翻意をうながす手紙を妻に送った。フリーダは、オットーからの手紙を送って、自分の過去の行状をさらけ出しあきらめさせようとした。正式に離婚が成立するのは、二年後の一九一四年五月である。

一九一二年五月、ロレンスとフリーダは手をたずさえて英仏海峡を渡って、フリーダの両親のいるメッツへ行ったが、最初は、彼女は、ロレンスを父親に紹介するのをためらっていた。ところが偶然の事件によって二人の関係を父親に知らせざるを得なくなった。ロレンスがイギリスのスパイと思われてドイツの警備隊に逮捕されたからである。釈放してもらうためフリーダは父親に事情を話し、その力を借りねばならなかった。父の尽力によってロレンスは釈放されたが、すぐにメッツを退去するようにいわれた。彼は親戚のいる、ライン地方の町ワルトブレールに向った。

フリーダと別れたあとのロレンスは不安であった。ウィークリーからはフリーダのところへ翻意をうながす手紙が来ているし、彼女の両親も引き止めるし、この状況では、彼女の気持も変ってしまうことも十分考えられた。フリーダのところへ手紙を書き、自分のところへ来るようにと訴えるしか方法はなかったが、他方では彼女に対する信頼と自分たちの愛情の強さに対する信頼もあった。不安と信頼のまじった心情は、詩集『どうだ、ぼくらは生きぬいた』（一九一七）のなかの「ヘンネフにて」という詩にあらわれている。列車の乗り換えを待つ間、ヘンネフの河のほとりにたたずんでいるときに書かれたものである。

きみは呼ぶ声で、ぼくは答える声だ。
きみは望みでぼくは成就だ。
きみは夜でぼくは昼だ。
その他に何がいるのか？　これで十分だ。
どの点でも完全だ、
きみとぼくだけで。
これ以上何がいるのか？

不思議だ、それにもかかわらずこんなに苦しむとは！
（ヘンネフにて）

ロレンスは、ふたたびフリーダに会うことができた。英国を離れてから約三週間後に、二人は、ミュンヘン近くにある、エルゼの愛人アルフレート゠ウェーバーの別宅を借りて実質上の新婚生活をはじめた。二人は幸福の絶頂にあったが、性格の相違も、共に暮らすことによってわかってきた。清教徒の母の教育を受けて、質素できれい好きで、家事などを勤勉にするロレンスに対して、フリーダは貴族の娘で教授の妻として気ままな性格であった。朝はおそくまで寝ており、物を粗末にした。まだはける靴を惜し気もなく捨てたときロレンスは大変驚き、怒った。

さらに悪いことには、フリーダは、英国に残してきた三人の子供のことを思い出してロレンスを苦しめた。このように、二人の間には意見の対立があったが、究極のところでは信頼しており、ロレンスは、フリーダが最高の女性であることを疑うことはなかった。

この時期にロレンスの肩に重くのしかかっていたのは経済問題である。大学を卒業してから約三年半勤めていた小学校教師を、病気のため退職したあとは定収入はなかった。ロレンスは教職にもどらず、文筆によって生きていくことを決意した。作家のなかには財産のあるものも多いが、ロレンスの場合は、財産という名前のつくものは全然なく、文字通り筆一本で暮らすことになった。それ以後、生涯の大半、窮乏生活を送ったが、他の職業につくことなく、文筆だけによって生計をたてた。フリーダと共に英国を立ったとき懐中にはわずかの金しかなかった。フリーダに、いくらか余分の金を持って来るよう頼んでいる。彼が期待できるものは、近いうちに出版予定の、二番目の小説『侵入者』の原稿料五十ポンドのみであった。彼は原稿料の前借りを出版社に頼んでいる。

イタリアへ

ロレンスとフリーダは、しばらくドイツに滞在したあと、一九一二年八月、イタリアへ向けて出発した。徒歩で、アルプス山脈のブレンナー峠を越えて、九月、イタリアに入り、北イタリア、ヴェロナ近くのガルダ湖畔に落着き、翌年四月まで滞在した。そのあと、ドイツをまわって六月にイギリスに行ったが、また戻ってきて、九月にイタリアに入っている。翌一三年、ふたたび離れるが、また戻ってくる。続けてイタリアに滞在したわけではないが、合計すれば、イタリア滞在はかなりの期間になる。

デューラーやゲーテなど、多くの芸術家や文学者がイタリアに魅かれて訪れ、深い影響を受けているが、ロレンスも、また、そのひとりであった。ロレンスは、イタリアの何に魅かれたのであろうか。そのひとつは農民の姿である。イタリアでの見聞をまとめた紀行文、『イタリアの薄明』(一九一六)には、そのような農夫の姿が描かれている。

農夫のファスチーノは、ぶどう畑で働いている。ぶどうの枝をおろしたり、接ぎ木したり、肥料をやったりするのが彼の仕事である。彼は頭脳を使って仕事をしているのではない。その手は、まるで、植物のつるのように、触れることで、対象を理解する。牛糞や石炭、水、土を手で混ぜる。ファスチーノは、頭脳ではなくて、感覚によって仕事をし、生きている。彼は、植物や肥料や大地と「親密な交わりを持った生きもの」である。生産高をあげるためにだけ働いている「労働者」ではない。

イタリアの農夫は、ロレンスの眼には、知性や知識に邪魔をされず、肉体と感覚によって生きている人間とみえた。これは、文明化された人間が失ったものである。この点で、ロレンスは、イタリアに魅かれている。一九一三年一月、ロレンスはこう述べている。「これが、イタリアに住みたい理由なのです。人々は、意識を持たないのです。彼らは、ただ、感じ、欲するだけなのです。彼らは知識を持たないのです。私たちは、あまりにも知識がありすぎるのです。いや、私たちは、沢山知識があると〈考える〉だけなのです。」さらに、ロレンスは、こういっている。「私の偉大な宗教は、知性よりも賢明な、血と肉体の信仰です。私たちは、精神においては、間違いをおかします。しかし、血で感じ、信じ、述べることは、つねに正しいのです。」(「意識」や「血と肉体の信仰」は「思想」参照。)

「血と肉体の信仰」は、ロレンスの思想の中核をなすものであるが、これが表明されたのが、イタリア滞在中であったことは注目に値する。イタリアに来てから半年のうちに、このような思想が急に生まれたとは考えにくいが、すくなくとも、それまで胚胎していた思想が、イタリアに滞在して、農夫の姿などを見ることで成長し、そして開花したことは十分考えられる。イタリア体験は、ロレンスの思想を支える柱のひとつになっていることは明らかである。ロレンスには、イタリアは、イギリスと比較すれば、まだ、近代産業が十分に発達していない農業国と映った。言葉を換えれば、近代産業の発達によってイギリスでは失われてしまったものが、イタリアには残っているということであった。イギリスでは、農夫は「労働者」であった。働いている場所は、農地ではあっても、本質的には、工場労働者と変りはなかった。すなわち、生産高をあげるのが、その使命であった。つまり、農業という産業に従事しているものであった。

これに対して、イタリアの農夫は「労働者」ではなかった。農業が産業になることによって失われてしまった、大地と植物との素朴な触れ合いを、まだ、イタリアの農夫は持っていた。彼らにとって、畑で働くことは、大地や植物と共に生き、そして、一種の交わりを持つことであった。単に、生産高をあげたり、賃金を得ることではなかった。

『息子と恋人』出版

ガルダ湖畔で、一九一二年十一月、代表作『息子と恋人』の原稿を完成し、翌年出版した。この作品は数年前から書きはじめられていたものである。自伝的小説で、父母と兄、ロレンス自身、また、ジェシー＝チェンバーズなどがモデルになっている。酒飲みで向上心のない夫モレルに愛想をつかした母親モレル夫人は、子供たちに愛情を向ける。兄の急死後、母親の愛は、ロレンスをモデルとしたポールに集まる。ポールも、また、母親に愛着する。母との関係が強すぎて、成人してからも他の女性を愛することができずに悩む。やがて母の死を契機として、ポールは母の精神的な支配を脱することができる。

父親は炭坑夫で、たくましい官能的な肉体を持っている。母親は清教徒で、禁欲的道徳的である。この二人は、作者の父母をモデルにしているのは間違いないが、ロレンスは、父母をモデルにしたモレル夫妻の中に、自分の抱いているイメージを表現した。彼は、人間は霊性と肉体という二元からなる存在であり、キリスト教は、そのうちの霊性のみを重要視して肉体の存在を軽視していると考えた。霊的なものをモレル夫人によって表わし、他方、キリスト教道徳によって軽視されてきた肉体を、父親モレルによって表わした。したがってモレル夫妻は、実在の人物であるばかりではなくて象徴的な存在であった。息子のポールが母親と訣別するということは、母親の表わす、道徳的な清教徒の世界から離脱することを表わしている。

ロレンスの友人で、彼を文壇に出すのに尽力したジェシー＝チェンバーズは、この作品では、ミリアム＝レイヴァーズという名前で現われる。ミリアムは「尼」的な性格を持った女性として描かれている。ポールは、はじめは、親しい交際をしているが、結婚することなく、最後には別れてしまう。この理由は、ミリアムが、自分の母親と同じように、道徳的な清教徒であることがわかるからである。ポールは、別の、もっと情熱的なタイプの女性を求める。この女性は、クレアラ＝ドーズという既婚の女性としてポールの前に現われる。しかし、なお不十分である。ポールが夢みていたような女性が現われるのは、次の小説『虹』を待たねばならない。

フロイトとの関わり

『息子と恋人』における、モレル夫人と息子のポールの愛情関係は、ジグムント＝フロイトの提唱した、エディプス・コンプレックスであると、作品の出版直後から指摘されている。フロイトは、一九〇〇年、つまり、ロレンスがハイスクールに入学しているころ、『夢の解釈』を公刊して、精神分析学を創始した。次第に関心を持つ人がふえ、一九〇八年には、精神分析学の第一回の世界集会が開かれた。

この作品の出版までに、ロレンスは、フロイトを読んではいない。フリーダが、フロイト学説について知っており、ロレンスに伝えたのである。彼女はどのようにして知ったかというと、愛人のオットー＝グロースを通してである。すでに述べたように、オットーは、フロイトの高弟であった。フリーダはオットーと親しい関係であった時期に、フロイト学説について彼から聞いた。一九一二年、ウィークリー家で、ロレンスがフリーダとはじめて会ったときに、はやくもエディプス・コンプレックスが話題となった。したがって、『息子と恋人』執筆中、ロレンスは、フロイト学説について知っていた。

しかし、その知識があったから、モレル夫人とその息子の異常なまでの愛着を書いたのではない。これは、ロレンス自身の実際の体験が基になっている。フロイト学説の影響があるとすれば、それは体験のまとめ方においてだけである。たしかに、『息子と恋人』にはエディプス・コンプレックスが描かれているが、それはこの作品の主題になっているわけではなくて中心の主題は、あくまでも、主人公が、そのような関係にある母から離脱することである。この作品をエディプス・コンプレックスの症例のみを描いたと考えてはならない。

後になって、ロレンスはフロイトの著作を読み、それについて考えるようになる。彼自身、精神分析についての本を書いた。『精神分析と無意識』（一九二一）と『無意識の幻想』（一九二二）である。これらの著書において、ロレンスは、フロイトの学説には同意せず、独自の無意識論を発展させた。しかし、無意識や、性の問題に注意を向けた点で、フロイトを評価している。ヴィクトリア朝において、あまりにも性がタブー視されて避けられていたから、フロイトの出現を歓迎している。

五　大戦の渦中で

フリーダと結婚

一九一四年七月十三日、ロレンスとフリーダは、ロンドンの登記所で正式に結婚した。二人が駆け落ちしたのは、一二年五月であったから、すでに二年以上の歳月がたっていた。フリーダの離婚が、この年の五月にようやく成立した。同棲生活に満足せず、正式な結婚を望んでいたロレンスにとって待ちに待った日であった。ところが、この後すぐに新たな試練がロレンスを襲った。

オーストリアの皇太子がセルビアの青年によって暗殺されたことをきっかけとして、七月二十八日、オーストリアはセルビアに宣戦を布告し、第一次世界大戦が勃発した。ヨーロッパでは、ドイツ、オーストリア対セルビア、ロシア、フランス、イギリスが戦うことになった。予想外に、戦線は拡大し、戦闘は長びき、近代兵器の使用によってそれまでの戦争とは比較にならぬほど多数の戦死者を出すことになった。イギリスだけでも戦死者数は百万人に近かった。

オトリーン＝モレルと知り合う　ロレンス夫妻は、結婚してから、すぐにイタリアに戻る予定であったが、戦争のため、戻ることができず、やむなく英国に滞在した。結婚後、まもなく、夫妻は貴族の娘で、下院議員の夫人、オトリーン＝モレル（一八七三―一九三八）と知り合いになった。

オトリーンは、ポートランド公、アーサー＝キャヴェンディッシュ＝ベンティンクの娘である。弁護士で、後に自由党の下院議員になったフィリップ＝モレルと一九〇二年に結婚した。彼女は、若いころ、スント・アンドルーズ大学や、オックスフォード大学の聴講生になった。これは、当時の女性としては型破りのことで、許可するかどうかをめぐって親族会議が開かれたほどであった。彼女は、将来、女子教育や社会福祉関係の仕事をしたいという願望をいだいていた進歩的な女性であった。

夫のフィリップは進歩的革新的思想の持ち主で、平和論者として、第一次大戦に際しては、下院で開戦反対の演説を行った。戦争に反対した議員は、フィリップひとりであったという。オトリーンも、夫と同様、平和運動に尽力した。さらに、文学者、芸術家のパトロンとしての役割も果した。たとえば、恵まれない、才能ある新進の画家を援助するため、「現代芸術協会」をつくり、彼らの作品を買いとった。夫妻は、ロンドンの自宅で、毎週木曜日、会合を開いていた。文学者、芸術家、平和論者が集まっていた。

一九一五年には、オックスフォードの近くのガーシントン村にある邸宅、ガーシントン・マナーを購入して、転居した。この邸宅は、オックスフォードの町の中心部から、東南約十キロの地点にある、広い庭園のある宏壮な邸宅である。

転居してからも、以前と同じように、文学者、芸術家、政治家、また、兵役拒否者たちを集め、滞在させた。兵役拒否のために職を失った者には、自分の農場で働かせた。兵役拒否者のために、フィリップは、裁判で弁護人になったこともある。一九二七年に、ふたたびロンドンに移るまでは、ここに住んでいた。ロレンス夫妻も、招かれて、滞在した。

オトリーンは、なぜ、ロレンスに近づいたのであろうか。当時、ロレンスの文名は、『白くじゃく』や『息子の恋人』によって高まっており、文学愛好家であれば、だれしも、注目し、近づきになりたいという気になるのは、ごく自然なことであった。さらに、オトリーンの場合は、特別な理由もあった。それは、『息子と恋人』の舞台が、彼女が少女時代を過ごした、ノッティンガム州のウェルベック・アベイから遠くないところだったからである。作品を読むことで、自分の知っている野原や、森や、炭坑夫を思い出して、懐かしかったのである。彼女の友人の小説家の紹介で二人は会った。

ロレンスについての最初の印象を、オトリーンはこう述べている。顔色が悪くて、身体が成熟していないようであった。しかし、実に生き生きしていて、どんなことにでも興味を持っていた。ロレンスは、母親について

オトリーン=モレル

ガーシントン・マナー

こう語った。「感情の繊細な、知力のすぐれた立派な女性で、邪心がなく、規律を重んじ、子供に対して絶対的な力を持っていました。」

ロレンスは、一時、ガーシントン・マナーを「ラナニム」にしようとしていた。「ラナニム」というのは、ロレンスの友人でロシア人のコテリアンスキーのうたっていた歌からとられたもので、「理想郷」を意味している。第一次世界大戦が長期化、泥沼化していくなかで、ロレンスは、どこかに「新しき村」をつくろうと考えた。それは、「唯一の財産は高潔な性格であり」、「金銭や権力のため」ではなくて、「個人の自由と善に向っての共同の努力」を目指す社会であった。はじめは、国外のどこかの島を考えたが、それができないので、英国内でつくろうとした。オトリーンの邸宅は、文学者や兵役拒否者の避難所になっており、候補地としては最適であった。しかし、この「新しき村」の計画は実現しなかった。

オトリーン＝モレルとの絶交

炭坑夫の息子であるロレンスと、貴族の娘であるオトリーンの間には、意見の対立があったかといえば、かならずしもそうではない。ロレンスは、彼女あての書簡のなかで、自分は政治的には民主主義であるが、文学的には貴族主義であると述べている。文学は少数者によってのみ理解されるものだからである。いささか迎合的な言葉であるとは考えられるが、生活費をかせぐための労働のみを生活の目的とはせず、それ以外に生きることの目的を見出そうとしているロレンスは、貴族の生き方に、何か共感できるものを感じたようだ。

しかし、その反面、上流社会の生活の空虚さをもロレンスは見逃さない。文化的には洗練されていながら、内面的に空虚で、自信が欠如していると考えた。のちに長編小説、『恋する女たち』（一九二〇）のなかで、オトリーンをモデルとして、ハーマイオニ＝ロディスという女性を描いた。彼女は、社会の改善のために尽力し、知的で教養がある一方、いつも流行を追う、人目を引く衣服を着ており、外見ははなやかであるが、内面的には空虚で、他人の思想によって生きるだけの女性である。

自分の姿が否定的に描かれているのを知ったオトリーンは、激怒して、ロレンスと絶交した。このように二人の交際は不幸な結末になったが、オトリーンと知り合ったことは、ロレンスにはプラスであった。彼女を通して、英国の上流社会、さらに、知的社会に触れることができたからである。そのことで、ロレンスの思想が変ったわけではないが、より広い視野を持つことができるようになった。このことは、作家としてのロレンスにとって重要なことであった。

バートランド=ラッセルと知り合う

オトリーン=モレルを通して、ロレンスは、数学者、哲学者で平和運動家のバートランド=ラッセル（一八七二―一九七〇）と知り合った。ラッセルも、ガーシントン・マナーによく招待されていた。ラッセルとオトリーンは、子供のときから知り合いであった。彼女の夫のフィリップは、ラッセルの義弟とオックスフォード大学での同級生であった。ラッセルは、一九一〇年、母校ケンブリッジ大学の講師に任命され、後、名著『数学原理』（一九一〇―一三）として結実する、数学を論理に還元する研究を続けていた。しかし、学究生活に閉じこもることに満足できず、社会改造を目指して、政界に入ろうとした。

自由党（当時の二大政党のひとつで、保守党に対して革新的）の候補者として立候補しようとしたが、公認されなかった。立候補しない代りに、一九一〇年一月の選挙では応援演説をかって出た。ちょうど、フィリップ=モレルが立候補したので、その応援をした。この時の選挙ではモレルは落選してしまったが、これを契機として、ラッセルとモレル夫妻の交際がはじまった。一九一一年三月、ラッセルは、パリでの講演を依頼されて出かける途中、当時、ロンドンにあったモレル家を訪問し、一晩泊めてもらった。その晩、彼がモレル夫妻と談笑しているとき、フィリップは急用で選挙区へ出かけた。夫の留守中、オトリーンは、ラッセルと話を続けていたが、いつの間にか、二人の気持ちはぴったりとあい、愛人の関係になった。この関係は数年続いた。これを知って、ラッセルの妻アリスは激怒して別居した。(のちに離婚し、ラッセルは他の女性と結婚した。)

ラッセルはオトリーンと愛人の関係にあったばかりでなく、精神的な面でもつながっていた。オトリーンは、ラッセルの精神的な支えであった。第一次大戦中、ラッセルは多難な日々を送った。「徴兵反対同盟」の中心的人物として、戦争反対運動を続けていた。ラッセルによれば、愛国心というのは、かつての宗教の信仰心と同じもので、なんら論理的根拠もないものであった。この考えに立って、兵役拒否者たちを援助していた。

一九一六年、ひとりの兵役拒否者が逮捕され、重労働二年の判決を受けた。「徴兵反対同盟」は、これに抗議してパンフレットを配布した。ところが、これが不穏文書であるとして、配布した者が検挙された。そこで、ラッセルは、自分がそのパンフレットの筆者であり、責任者であると名乗り出て、裁判にかけられた。有罪であるとして、罰金百ポンドを科せられた。打撃はこれだけにとどまらず、この年の七月に、ケンブリッジ大学の講師の職を解任された。しかし、彼はこれに屈せず、反戦運動を続けた。

一九一八年二月に、ラッセルは、ふたたび裁判にかけられた。これは、「徴兵反対同盟」の機関誌に発表した論文が、政府を刺激

バートランド=ラッセル

したからである。すでに、ここに至るまでに、ラッセルの行動が、徴兵計画に重大な支障をおこすことを政府は懸念しており、論文だけの問題ではなかった。裁判で六ヵ月の禁固を宣告された。控訴審に上告したが、判決は支持されて、収監された。

入獄中、ラッセルを訪ねて励ましていた二人の女性がいた。ひとりは、ラッセルの愛人のコレットという女性であり、もうひとりは、オトリーン＝モレルであった。もう、このころは、二人の関係は、精神的な友情関係になっていた。ラッセルは、オトリーンを「親友」とよび、勇気ある女性であるとたたえ、自分は勇気ある女性しか愛することができないと述べている。

ロレンスとラッセル

ラッセルは、オトリーンを通して、ロレンスを知った。一九一五年のはじめごろ、彼女は、ラッセルとともに、当時、サセックス州に滞在していたロレンス夫妻を訪問した。彼女は尊敬する二人の男性を引き合わせたかったのである。ラッセルは、ロレンスに、大変感銘を受けた。旧約聖書中の予言者であるとまでいっている。「私は、ロレンスの火、彼の感情の力と情熱が好きであった。世直しをするためには根本的な改革が必要であるという彼の信念も好きであった」と、のちに語っている。「政治は個人の心理と切り離すことができない」というロレンスの主張に同意し、「人間性の洞察は自分よりも深い」と思ったという。

ラッセルは、ロレンスをケンブリッジ大学に招いて、そこで、著名な経済学者、J・M・ケインズや、哲学者、G・E・ムアに引き合わせた。（しかし、ロレンスは、ケンブリッジ大学の知性偏重に批判的であった。）意気投合したラッセルとロレンスは、ロンドンで、戦争反対の講演会を開くことを企画して、まず、ラッセルが、講演の原稿をロレンスに送った。（これは、のちに、『社会再建の原理』（一九一六）という著書の基になったものである。）この原稿を読んで、ロレンスは、実際は、ラッセルとのあいだには、意見の相違があることに気付いた。その原稿を訂正したり、反対意見を書いて送り返した。当然のことながら、ラッセルはそれを認めることはできなかった。このため、講演会は実現しなかった。ロレンスは、ラッセルの平和論は、「血への渇望に根ざしている」といった。これを読んで、ラッセルは、その批判が正鵠を射ているのに気付き、一時は自殺すら考えたという。

二人には、共通点もすくなくない。最初に意気投合したことでもわかるように、二人は社会の現状に不満を持っている点では共通している。個人と国家の関係について、あくまでも、個人が国家に優先するという考え方も同じである。女性の立場の尊重も二人には見られる。産業中心主義批判は二人に見られる。二人とも、人間は、賃金を稼ぐための労働にしばられてはならない。その種の労働は、一日、三、四時間にして、あとの時間は、個人の創造的生活に使わなければならないと説く。性の重要性の認識と、従来の性道徳の批判も二人に共通に見られる。

相違点は、ラッセルの方が社会全体に対する視野を持ち、政治的手段によって社会を改造しようとするのに対して、ロレンスは、個人の心理を重視し、政治や制度を信用しないところから生じる。

総理大臣を祖父に持ち、政治家志向のラッセルが、民主主義を信頼し、政治を重視するのは当然であり、他方、小説家、詩人であるロレンスが、個人の心理に固執するのも当然である。

ラッセルは、理性を最優先させるが、ロレンスは、感情や直観を優先させる。ロレンスは、人間の意識を二つ、すなわち、理性や知性を意味する「知の意識」と、感情や本能的衝動を意味する「血の意識」に分け、後者の方が、前者よりも根源的であるとした。これに対して、ラッセルは、この思想は、ナチズムとつながるものであると断罪している。しかし、これは、ラッセルがロレンスの思想を拡大解釈し、政治と早急に結びつけた結果から生じた批判である。

結局は、約一年間で、ロレンスはラッセルと袂を分かつことになったが、この出会いはけっして軽視することはできない。思想こそ違え、ロレンスは、ラッセルにおいて、当時の最高の知性と出会ったのであり、その思想と対決することにより、彼自身の思想を確かめることになった。実際、当時書かれていた、哲学的エッセイ、「王冠」も、ラッセルを意識したものである。

また、直接的に、ロレンスはラッセルから得たものもある。ロレンスは、ラッセルから一冊の本を借りた。それは、ジョン＝バーネットの『初期ギリシア哲学』という本であった。この本について、ロレンスは読後感を書いて送ったが、そのなかで、とくにヘラクレイトスを賞賛し、また、これまで、あまりにもキリスト教的であったことを反省し、これを機に、キリスト教の神の観念を捨てなければならないと述べている。これは、ロレンスの思想形成において重要な発言である。

ヘラクレイトスについて、とくにロレンスが感銘をうけたのは「対立物」という概念である。万物は対立物からできている。たとえば昼に対して夜があり、暖に対して寒がある。この対立という概念については、ロレンスは、すでに気付いてはいたが、この本を読むことによって、さらにそれが明確になった。当時執筆していた哲学的エッセイ「王冠」において、二者の対立という思想を明確に主張することになった。すなわち、この世界は、対立する二者、たとえば、闇と光、また肉体と霊から成り立っており、この両者が、相争い、そして均衡を保つということが理想的な状態である。

ロレンスによれば、キリスト教は、対立物の均衡という概念を認めていない。光、すなわち、霊のみの価値しか認めず、闇、すなわち、肉体は低いものとみなしている。それに対して、ロレンスは、光と闇、すなわち、霊と肉の均衡を主張することで、キリスト教を超える新しい思想に達した。これが、ロレンスの思想の中核をなしている。

オールダス＝ハックスリーと知り合う　オトリーンを通して、また、のちに、著名な小説家、評論家となるオールダス＝ハックスリー（一八九四—一九六三）と知り合った。一九一五年二月、当時、オックスフォード大学に在学していたハックスリーは、オトリーンにガーシントン・マナーに招待され、その後、ロレンスに紹介された。はじめて会ったあと、ロレンスは、オトリーンに手紙を書いて「ハックスリーに好感を持った」と述べている。

ハックスリーは、ロレンスよりかなり年下である。性向は違っていたが、ハックスリーはロレンスを理解し、尊敬していた。ハックスリーは、ブリタニカ百科辞典を読破したという、博覧強記の青年で、知力の面では、だれにもひけをとらない自信があったが、自分には激しい情熱がないと感じていた。彼は、自分とは正反対な人間、すなわち、感情の豊かな人間をロレンスのなかに見て、それに惹きつけられたのである。

後年、ハックスリーは、小説『対位法』(一九二八)のなかで、ロレンスを、マーク＝ランピオンという人物として登場させている。作者ハックスリーを思わせる主人公フィリップ＝クウォールズは、頭脳のみ発達しすぎてしまって、感情面が枯渇し、現実生活において傍観者的な生活しかできない。それに対して、ランピオンは、知性と感情の均整のとれた生活をしている。時折り、妻のメアリーとの間に激しい口論はあっても、他人行儀のクウォールズ夫妻よりも、夫婦生活は充実している。この小説のなかで、ハックスリーは、種々の人物を戯画化したが、ランピオンだけは戯画化することがなかった。それほど、彼はロレンスの生き方を高く評価している。

他方、ロレンスは、『対位法』を読んで、次のような読後感を、ハックスリーに書いている。「心が靴底を通って沈んで行く一方、賛嘆の念がこみあげてくる気持で『対位法』を読みました。君と君の世代についての真実、最後の真実を、まことにすばらしい勇気を持って示したと思います。『チャタレー夫人の恋人』を書くよりも、『対位法』を書く方が十倍も勇気が要ると私には思われます。読者は何が書かれてあるのかわかれば、私には石をひとつ投げるだけですが、君には百も投げつけるでしょう。」ロレンスが指摘しようとしていることは、現代人は生きる目標を失い、ただ、「殺人、自殺、強姦」などによる刺激のみを求めて生きている。刺激は、慣れてきてしまうと刺激ではなくなってしまうので、ますます刺激を強くする方向に進んでいく。現代人は生きているという感じを、ただ刺激だけを通して持っているにすぎない。ハックスリーが『対位法』で描いたのは、まさにこのような人間である、ということだ。これは、この作品に対する最高の評価であると思われるが、このように、二人は、おたがいから、貴重な霊感を得ていた。まことにすばらしい文学の友人であった。

フリーダとその子供たち

ここで、フリーダに眼を転じてみよう。すでに述べたように、彼女には、ウィークリーとのあいだに三人の子供がいた。一番上は、一九〇〇年生まれのモンタギューという男の子、次は、エルザという女の子、次は、バーバラという女の子であった。ロレンスと駆け落ちしてドイツに来たとき、三人の子供はイギリスに残してきた。

夫のウィークリーには未練がなかったが、残してきた子供たちのことは忘れることができなかった。ドイツで、ロレンスと同棲生活を始めてからも、子供たちのことを思い出しては涙を流すので

フリーダの子供たち　右より，バーバラ，モンタギュー，エルザ

あった。ロレンスとの新生活を幸福と思っていないわけではないのだが、子供たちに後髪をひかれる思いで完全に幸福になることができなかった。

そのようなフリーダに同情はしながらも、ロレンス自身も深く傷ついた。彼女が、他のことをすべて忘れ、自分だけを愛してくれることを願っていたからである。最後には、フリーダのなかにある「母性」をのろうのであった。「女性」だけいて、「母性」がなければ、フリーダは、ロレンスを完全に愛してくれるはずであった。このような苦しみを、彼は、「彼女は振り返って見る」という詩のなかで表現している。

フリーダは、ロレンスにとって、旧約聖書「創世記」に出てくるロトの妻であった。ロトの妻は、神によって滅ぼされたソドムの町に残してきた財産に未練を持って、振り返って見てはならないと神に命じられていたにもかかわらず、財産をあきらめきれずに振り返って見たため、神によって塩の柱に変えられたのだった。残してきた子供に未練を持って振り返っているフリーダも、また、ロレンスにとって、ロトの妻のような塩の柱に見えた。この塩が、ロレンスの生身にしみこんできて、苦痛を与えるのである。

一九一四年、結婚のためイギリスに戻って来たとき、フリーダは、当時、ロンドンの学校に通っていた子供たちとひそかに会おうとした。通学の途中、待ちぶせていて話しかけた。しかし、このことをウィークリーは知り、子供たちは、フリーダと会って話すことを禁じられた。通学には付添いがつけられ、また、母親を見たら逃げるようにといわれた。このため、フリーダは、裁判所に正式に申し立て、子供に会えるよう願い出た。その結果、弁護士の事務室で、三十分間だけ会うことが認められた。一九一五年八月ごろのことである。事務所に、子供たちのためにお菓子を持って現われたフリーダは涙を流していた。

ロレンスは、フリーダとのあいだに子供が生まれることを願ったが、生涯、生まれなかった。もし自分の子がいたらロレンスの気持も大分違ったであろうが、生まれなかったため、フリーダの子供たちのことで、この後も、ロレンスはフリーダと衝突を繰り返すことになった。

『虹』の発売禁止

ロレンスがオトリーン＝モレルと親しく交際しているころ、ひとつの事件が起こった。一九一五年九月に出版された小説、『虹』が十一月に発売禁止になったのである。一八五七年に施行された「わいせつ出版物取締法」に触れたのである。

『虹』は、十九世紀中ごろから、二十世紀初頭にかけての、ブラングウェン家三代の変遷を描いたものである。各世代において、男女の関係が中心の主題になっている。とくに三代目のアーシュラに力点がおかれている。作品の舞台であるイングランド中部地方に、産業革命にともなう大きな変化が起こっていた。作品中で言及されている、交通機関としての運河の開通は、それを端的にあらわしている。農業国英国は、工業国英国に変化してきた。ブラングウェン家も一代目は農夫であったが、二代目はレース工場の技師、三代目は教師という風に、職業が変化してきた。

工業化にともなって社会にも変動が起こってきた。参政権の拡大もそのひとつであった。一八三二年に、はじめて、ブルジョワの男子に参政権が与えられ、その後、男子参政権の幅は次第にひろげられていった。他方、女性の参政権獲得の運動も、十九世紀後半から活発となった。二十世紀に入ると、女性社会政治連盟による獲得運動は過激化し、ついに、一九一八年には、制限つきながら、女性にも参政権が与えられた。(この年、男子には、完全な参政権が与えられ、一九二八年には、女性にも完全な参政権が与えられたことは前述の通りである。)『虹』のなかにも、女性参政権運動家である女性があらわれる。

『虹』について、ロレンスは、「恋愛の勝利」を描き、「参政権にまさる、女性のための作品」と説明している。この言葉からもわかるように、ロレンスは、執筆当時盛んであった、婦人参政権運動を意識している。しかし、この作品は、政治活動をしている女性を中心人物にはしていない。それとは違ったタイプの女性を主人公にしている。それは、「恋愛の勝利」をめざす情熱的な女性である。

この女性は、三代目のアーシュラによって一番よく表現されている。彼女は、種々の経験を経て、恋愛こそがすべてで、それを妨げる制度や習俗は無意味なものであるという信念に達する。彼女の原型は、オットー＝グロースをして、「道徳律としての貞節、キリスト教、民主主義や、その他それに類したすべてのナンセンスから自由なただひとりの人」といわせたフリーダであるといえよう。

一九一五年十一月三日『虹』の出版社のメシュエン社は中央警察法廷によばれて、「一部の人々からは、芸術的で知的な成果といわれる言語で書かれていても、一連のわいせつな思考、観念、行為で埋められている」本を回収しない理由を詰問された。メシュエン社は、不穏当な箇所は、作者に訂正を求めて、直したが、若干の箇所については作者が訂正を拒否したので、そのまま出版せざるをえなかった旨の弁明をし、結局、当局の言い分を全面的に認めて発売を停止した。

検閲制度に苦しむ

この作品に対する書評はきびしかった。『デイリー・ニューズ』誌上に十月五日に掲載された、作家のロバート＝リンドの書評は、部分的には、美しさや力は見られるものの、「単調な、男根崇拝の荒野」であって、ロレンスの作家としての名声を傷つけるものであるとしている。『スター』誌上で、文芸評論家で編集者のジェームズ＝ダグラスはこう批判している。「疑いなくこの種の本は存在する権利がない。それは物質に生命を吹き込む魂の意図的な否定である。登場人物は人間ではない。彼らは動物園の最下等の動物よりもはるかに下等な生物である。」

発売禁止の理由は、「わいせつ」出版物ということではあるが、具体的に何が「わいせつ」なのかについては明らかにされていない。しかし、性行為への言及がそうであろうということは、書評から察知できる。当然のことながら、今日の基準からすれば、それは発売禁止の理由になるとは考えられない。当時の道徳の枠を越えたものであったとしても、新しい男女の生き方を根底からとらえるためには、そこまで書かざるをえなかったのである。男女関係のほかに、アーシュラと担任の女教師の間の同性愛的場面も告発の理由になったとされている。また、一説によれば、発売禁止処分は、「わいせつ」よりも政治的理由であった。すなわち、大戦中であったため、ドイツ人を妻に持っていることとか、ドイツ人である、フリーダの姉エルゼに献辞をしているとか、作品のなかで、ボーア戦争を批判しているということが、当局を刺激したというのである。

この発売禁止は、ロレンスにとっては打撃であった。筆一本だけで生活をたてているのだから、このことは生存そのものをおびやかすことになった。単に、『虹』からの印税が入らないということだけではなくて、それ以後、出版社が、次の作品を出版しなくなるおそれは十分あった。この苦境にあったとき、国会議員を夫に持つオトリーンがそばにいてくれたことは、力強い支えであった。フィリップは、下院において、二度、この件について質問し、発売禁止が不当であることを主張した。著者に弁護の機会を与えず発売禁止にしたことは妥当ではないこと、また、二十五パーセントの印税の本を差し押えることは、著者の生活権をおびやかすものであることを指摘した。そして、発売禁止にする理由がない証拠として、小説家、キャサリン＝カーズウェルの書評を提出した。この書評は、『グラスゴー・ヘラルド』誌上に掲載されたもので、『虹』を、「美しい感情と人間生活についての、情熱的で個性的な本質的思考に満ちている」としている。フィリップの努力にもかかわらず、発売禁止は解けなかった。

ロシア文学を読む

一九一四年七月、ロレンスとフリーダがロンドンで結婚したとき、立会人になったのが文芸評論家のJ・M・マリ（一八八九―一九五七）と、小説家のキャサリン＝マンスフィールド（一八八八―一九二三）であった。当時、マリとキャサリンは同棲していたが、まだ正式に結婚していなかった。キャサリンが、夫と離婚できなかったからである。キャサリンは、すでに、短編集『ドイツの宿にて』（一九一一）を出版していた。

ロレンスがマリと知り合ったのは、一九一三年のことである。当時、マリが編集していた雑誌『リズム』への寄稿をロレンスに頼んだことがきっかけになった。一九一四年、ロレンス夫妻がイギリスに滞在するようになってから一段と親密になった。フリーダは夫と

J.M.マリ

離婚できないためロレンスとの結婚がおくれたが、キャサリンとマリも同じような境遇にいたため、二組の男女は、互いにひきつけられた。

ロレンスとマリは、一時、近くに住んでいて、互いに行き来して議論をかわした。この議論のテーマのひとつはドストエフスキーであった。ロシア文学は、十九世紀後半からイギリスに紹介された。ギリシア、ラテン、イタリア、フランス等の文学とは違って、ロシア文学は、それまでは未知の、まったく新しい文学であった。ツルゲーネフ、トルストイ、ドストエフスキー、チェーホフ、ゴーゴリ等が、英訳されて読まれた。

ロレンスは、一九〇八年前後、すなわち、ロンドン郊外のクロイドンで小学校教師をしているとき、市立中央図書館で、ロシア文学をよく読んだ。キャサリン＝マンスフィールドは、一九〇九年、ドイツに滞在しているころチェーホフの作品を知り、その影響を受けた。マリは、キャサリンを通してロシア文学を知った。彼らをロシア文学に結びつけるもうひとりの人物がいた。S・S・コテリアンスキーというロシア人である。ウクライナ出身で、ロンドンに留学していて、一九一四年に、ロレンスと知り合った。ロレンスは、コテリアンスキーに、原稿のタイプなどを頼んでいたが、コテリアンスキーは、ロシア文学の英訳をするようになった。英語があまりできなかったので、ロレンスは訳文に目を通した。ロレンスの名前はなくても、実質的には共訳のようなものもある。チェーホフ、ドストエフスキー等を英訳した。ロレンスは、コテリアンスキーを通して、ロシア文学にいっそう近づくことになった。コテリアンスキーは、ロレンスに紹介されて、マリとキャサリンと知り合いになった。この後、彼は、とくに、キャサリンのよき理解者となった。

はじめ、ロレンスは、マリと共同で、ドストエフスキー論を書こうとして、自分の意見をマリに送っている。しかし、二人の見解は正反対といってよかった。そのため、マリは、自分だけで、ドストエフスキー論『ドストエフスキー、批評的研究』(一九一六)を出版した。これは、マリの最初の著作であり、彼の文芸評論家としての地位を築いた名著である。

二人とも、ドストエフスキーが、キリスト教を思想の中核とした作家であるという見解では一致している。違うのは、そのキリスト教をどう評価するかである。マリは、キリスト教的徳性を肯定し、ロレンスは、それを否定する。マリは、『カラマゾフ兄弟』のアリョーシャを、ドストエフスキーが創造した最高の人物であって、「来るべき時代の象徴」であるとした。これに対して、ロレンスは、『白痴』のムイシュキン公爵に、キリスト教道徳の行き詰りを見る。キリスト教的愛という思想を押しすすめていくと、必然的に、人間は正常な生活はできなくなり、「白痴」になるというのである。

このような意見の対立はあったが、二人の友情はあつかった。マリは、ロレンスを独創的な文学者として尊敬しており、他方、ロレンスは、マリを自分を理解してくれる友人と考えていた。ロレンスは、このあと、一九一五年末にイギリス西南部のコーンウォルに行き、セントアイヴズの近くのゼナーに滞在するが、そこで共同生活をしたいとマリを誘った。その強引さに負けて、マリとキャサリンは、コーンウォルにロレンス夫妻を訪れた。ロレンスは、「血の盟約」と自らよんでいる、男性対男性のかたい結びつきを、マリとのあいだに持とうとしたのである。しかし、現実には意見が合わず、喧嘩して、マリとキャサリンは、コーンウォルを離れた。

徴兵検査とスパイ容疑

コーンウォルは「イングランドではない」とロレンスはいっている。たしかに、コーンウォルは、ロンドンから離れており、その文化の影響を受けることがすくなかった所である。実際はキリスト教圏ではあるが、ロレンスは、キリスト教以前のケルト民族の宗教であるドルイド教の世界であると感じた。キリスト教文化にあきたりないロレンスに、コーンウォルは、何か新しいものを与えた。土地には、それ固有の土地の霊――地霊があると考えていたが、コーンウォルにも地霊がおり、それは、イングランドとはことなる地霊であった。ロレンスは、この地の地霊を感じ、元気づけられた。

ここには、キリスト教以前の宗教が残っていた。それは、太陽崇拝や、月信仰であった。農民たちは、霊性を重んじ、肉体を蔑視するようなキリスト教的思想とは無縁だった。農民たちにとって、唯一の悪は肉体を抑圧し、傷つけることであった。このような生き方がロレンスの気に入った。

ゼナー(コーンウォル)で滞在していた家

借りて住んでいた家の近くの農夫と親しくなり、その人たちの畑で、乾草集めなどの仕事を手伝った。当時、ロレンスの健康状態はよくはなかったが、それでも働いた。農作業は、少年のころ、故郷のハッグズ農園でやっていたことの再現である。

しかし、この土地も、楽園ではないことがすぐにわかった。一九一六年六月には、徴兵検査のため呼び出しを受けた。出頭して検査を受けたが不合格であった。このあと一七年、一八年にも検査を受けたが不合格で、徴兵されることはなかった。しかし、検査のときの非人間的な扱いは、ロレンスの心をひどく傷つけ、軍隊をいっそう憎悪することになった。

ロレンスは、徴兵検査の呼び出しを受けたとき、それに応じて出頭はしたが、戦争に賛成していたわけではなかった。「戦う」ことを否定していたわけではないが、自己の魂のために戦うべきであって、軍国主義や、産業資本や国家のために戦うべきではなかった。かつて、ロレンスは、ドイツでスパイ容疑で逮捕されたことがあり、身をもって、その軍国主義の冷酷さを体験している。

したがって、いくら夫人がドイツ生まれであったとしても、ドイツに加担するわけにはいかない。他方、イギリスはと見れば、産業資本家が支配しており、その上、労働者も産業組織のなかに組みこまれている。このような国家のために命を捨てるわけにはいかない。ロレンスの思想の根底には、個人は国家に優先するという考えがあった。「戦う」ことは必要ではあるが、「個人の独立した魂」を守るために戦うべきであって、国家の手先になって戦うべきではなかった。当時、『ジョン・ブル』など、一部の新聞は、愛国心をあおりたてていたが、ロレンスは、それに同調することはできなかった。

ロレンス夫妻は、ドイツのスパイではないかという嫌疑をかけられた。土地の人から見れば、ふつうの職業を持たずに執筆だけで暮しているロレンスは得体の知れぬ人物であった。夫人がドイツ生まれであることも疑いをますきっかけとなった。ときおり家のなかから聞こえてくるドイツ語の歌は、村人たちの疑いを確かなものにした。海岸近くに住んでいるのは、ドイツの潜水艦に信号を送るためであると思われた。また、その乗組員に、食料を供給しているのではないかと疑われた。そのころ、ドイツの潜水艦の乗組員が、英国軍人の制服を着て変装して、近くの町に現われたという事件があって、そのためいっそう、村人たちは神経質になっていた。

ついに、ロレンス夫妻は、スパイ容疑で家宅捜索を受けた。もちろん、その容疑を立証するようなものは何も発見されなかった。しかし、スパイではないという抗議も受け入れてもらえなかった。

一九一七年十月、退去命令を受けて、コーンウォルを去り、ロンドンに移った。ロンドンでも警察の監視下におかれていた。ロレンスは、自分たちが、罪がないのに犯罪者にされ、不当に扱われていると感じざるをえなかった。このため、ますます当局に対する不信感を強めることになった。

アメリカへのあこがれ

コーンウォル滞在期間は、ロレンスにとって、決して幸福な時期とはいえないのであるが、その作家活動では、ひとつの重要な開眼をもたらした。それは、アメリカ文学の発見である。ロレンスとアメリカとの関係は、これよりずっと以前にさかのぼる。少年のころから、ロングフェロー、エマスン、ホイットマンなどを読んでいる。しかし、これらの作品を、とくにアメリカ文学として意識して読んだわけではない。この当時にあっては、アメリカ文学が独立した文学という考えはなくて、イギリス文学の一部であるか、あるいは、英語で書かれた文学として、とくに、イギリス文学、アメリカ文学という区別はなかった。

ロレンスがアメリカと直接に関係を持つのは、長編小説第一作『白くじゃく』（一九一一）出版からである。この作品は、イギリスとアメリカで同時に出版された。正確にいえば、アメリカ版の方が一日早く、厳密な意味では、初版はアメリカ版であるとされている。『息子と恋人』（一九一三）は、イギリスだけではなく、アメリカでも好意的に迎えられた。また、『恋愛詩集』（一九一三）も、アメリカの雑誌の書評は好評であった。これがきっかけで、アメリカの雑誌『ポエトリ』に詩を発表している。このような形で、ロレンスは、次第にアメリカとの結びつきを強くしている。一九一五年には、ロレンスは、アメリカ行きの希望をもらしている。これは、第一次大戦のため、英国に足止めされていることへの反発であると同時に、アメリカへのあこがれの表現である。イギリスでは、生命の木が枯れかけているのに対して、アメリカでは、粗野で、洗練されてはいないが、力強い生命力が溢れている、と述べている。

一五年十一月の『虹』の発禁も、アメリカ行きをうながす動機になった。因習的なイギリスの精神風土に失望したのである。具体的にアメリカ行きを計画したが、種々の障害が生じた。『虹』の発禁に抗議して、法廷闘争をしようとする動きが、一部文学者のあいだにあった。そのため、ロレンスは、イギリスを離れるわけにはいかなかった。しかし、この動きは、結局、具体的な形を取るまでには至らなかった。この後、一九一七年、アメリカ行きの旅券を申請したが、今度は、出国のためには、兵役免除の措置が必要であることがわかった。折衝を重ねたが、結局、兵役免除にはならず、出国許可も出なかった。

アメリカ文学への開眼

このような事情で、アメリカ行きは実現しなかったが、別の形で、ロレンスは、アメリカとアメリカ文学に深くつながって行くことになった。コーンウォルで、知人の小説家ベレスフォードの家に滞在したとき、書棚にあった一冊の本に目をとめて読みはじめた。それは、十九世紀のアメリカ小説家、ハーマン=メルヴィルの小説、『モービー・ディック』であった。この作品は、モービー・ディックと名付けられた、獰猛で巨大な白鯨に、脚をくいちぎられた捕鯨船の船長エイハブが、復讐を誓って追跡し、とうとう発見して格闘するが、最後には、船を沈められ、自らも死ぬという物語である。

この作品を読んだとき、ロレンスの想像力は刺激された。これまで気付かなかったものがアメリカ文学にあることを発見したからである。次いで、十九世紀の、他のアメリカの作家を読んだ。フェニモア=クーパー、ホーソン、ポーなど、すでに読んでいた作家も読み返した。これらの作家についての評論を書き、一八年から一九年にかけて、『イギリス評論』に連載した。これらが、修正され、まとめられて、評論、『古典アメリカ文学研究』(一九二三)となった。これは、アメリカ文学の評論として一番早いもののひとつであり、アメリカ文学の独自性を発見した評論といってよい。

ハーマン=メルヴィル

それまでは、アメリカ文学は、子供の読み物ぐらいの評価しか与えられていなかった。それに対して、ロレンスは、アメリカ文学は、子供の読み物ではなくて、アメリカの本質を表現しているものであるとした。ある書評は、「アメリカの発見」という見出しをつけているが、正鵠を射たものである。

ロレンスのアメリカ文学論の特徴は、作品の象徴的解釈である。

たとえば、『モービー・ディック』は、表面的に見れば、鯨捕りの話でしかない。したがって、考えようでは、子供の話でしかない。これに対して、ロレンスは、白鯨を単なる鯨としてではなくて、ひとつの象徴と考える。白鯨は、ロレンスが「血の意識」と名付けたものの象徴である。それに対して、エイハブ船長は、ロレンスが「知の意識」と名付けたものの象徴である。「血の意識」は、人間の肉体的存在をさし、「知の意識」とは、人間の霊的、知的存在をさす。したがって、エイハブ船長が、白鯨を追跡し殺そうとしていることは、霊性が肉体を攻撃し、それを否定しようとしていることを意味する。すなわち、ロレンスの思想の出発点になっていた、霊性による肉体の支配という主題が、この作品に表現されていることになる。

ふりかえってみると、ロレンスは『息子と恋人』(一九一三) においても同様な主題をあつかっていた。すなわち、肉体と官能を中心とした生き方をしている炭坑夫のモレルと、清教徒で霊的、道徳的な生き方をしているモレル夫人の対立と争いが、その作品に描かれていたのである。そこでは、モレル夫人の方が支配的で、夫のモレルの生き方は否定されている。それに対して、『モービー・ディック』においては、モレルの変形である白鯨の方が勝利をおさめ、モレル夫人の変形であるエイハブ船長を、捕鯨船もろとも海中に沈めてしまう。

ロレンスは、この十九世紀のアメリカ小説のなかに、自分の内的ドラマを見たのである。エイハブ船長と白鯨の対立の原型をたどれば、キリスト教 (とくに清教主義) と、肉体重視の思想の対立ということになる。この対立はロレンスにおいて、早いうちから見られるものである。アメリカ文学も、この視点から見、そして論じたのである。したがって『古典アメリカ文学研究』におさめられている一連の評論は、単なる皮相な思いつきではなくて、ロレンスの思想に根ざした、本質的な洞察を示しているのである。

『恋する女たち』

『息子と恋人』、『虹』と並んで、代表的な長編小説、『恋する女たち』は一九二〇年に出版された。この作品は、元来は、「姉妹」という作品として書きはじめられた。その前半が『虹』として、独立して出版されたあと、その続編という形で書き進められ、一六年の末に完成した。しかし、『虹』の発売禁止のあおりを受けて、出版社が見つからなかった。『虹』を出版したメシュエン社は、ふたたび問題が起こるのをおそれて出版を拒否した。ようやく二〇年に、ニューヨークのトマス＝ゼルツァーが、予約販売の私家版として出版した。

『虹』の続編ということで、両作品には共通する人物があらわれる。女主人公のアーシュラ＝ブラングウェンと、その妹のグドルーンがそうである。アーシュラは、『虹』では、その恋愛の失敗が描かれていたが、『恋する女たち』では、ふさわしい男性とめぐり会い、結婚することになる。二人の女性のほかに、それぞれ、その恋人となる二人の男性、バーキンと、ジェラルドが登場する。さらに、他の中心人物として、ハーマイオニ＝ロディスという女性が登場する。

表題からも察せられるように、この作品は男女関係を主題としている。すなわち、バーキンとアーシュラの関係、ジェラルドとグドルーンの関係が中心になっている。前者の関係に力点がおかれているのだが、説明の都合上、ジェラルドという男性から見てみよう。

彼は、イングランド中部地方の炭坑の所有者の息子である。病気の父親に代って、炭坑の経営をはじめる。（父親はやがてなくなる。）父親は、キリスト教精神のまだ衰えていない世代に属する人間で、慈善の精神で労働者に対する。たとえば、困窮した労働者が援助を求めてくれば、何らかの形でそれに応じる。これに対して、息子のジェラルドは、キリスト教的な慈善心は一切投げ捨てて、近代的産業資本家の態度をとる。彼にとって、生産こそ、唯一、絶対なものであり、労働者は、単なる、生産のための道具にすぎない。ジェラルドは「機械の神」とよばれているように、石炭生産をあげるために、新しい機械や技術を導入する。そして、それなりに成果をあげる。すなわち、彼は産業の合理化をはかっているわけで、現代的な経営者である。しかし、その反面、他の人間の人間性をまったく無視し、自分の意志に従わせることしか考えない。彼は、現代の産業資本家の一典型をあらわす興味ある人物である。

ジェラルドは、アーシュラの妹で、彫刻家のグドルーンに関心をよせる。彼女は、流行の先端を行くような服装をしていることからもわかるように、芸術家特有の自己顕示欲が強い。また、我も強い。ある場面で、自分が牛をこわがっているとジェラルドに思われたのに腹を立てて、彼の顔を平手打ちするような気の強い女性である。ジェラルドとグドルーンは、たがいに惹かれながらも、二人のいずれも、自分の強い我意のために、真に愛することもできなければ、結婚することもできない。ジェラルドは、グドルーンを自分の意志に従わせることができないため、最後には、首を締めて殺そうとした。死んだものと思い、彼自身も雪山で死を選ぶ。

自らを現代の神、「機械の神」として絶対化し、その絶対的意志によって、労働者を、そして、女性を支配しようとしたジェラルドを死なせることによって、作者は、現代における、産業中心の考え方を批判している。作品中に言及があるように、現代の産業、技術の発達により、きわめて強力な爆弾が開発され、その爆発によって、地球は二つに割れて、それぞれ別の方向に飛んでいくということになりかねないのである。ジェラルド的思考は、そのような危険性をはらんでいる。

ジェラルドとグドルーンの関係と対照的に、バーキンとアーシュラの関係が示される。視学官、バーキンは、はじめ、貴族の娘、ハーマイオニ＝ロディスと交際していたが、社会的身分の高いことを鼻にかけて、彼を支配しようとする彼女に嫌気がさして、中等学校の教師、アーシュラを愛する。彼女も、我が強いということでは、ハーマイオニと同じであるが、ハーマイオニにはない「やさしさ」を持っているのを知り、彼女と結婚する。

バーキンもアーシュラも、我の強い人間であるが、ジェラルドとグドルーンのように関係が破綻しなかったのはなぜであろうか。その答えは、次のような新しい男女関係として、説明されている。

従来の男女の愛は、それぞれが、自分の個我を捨てて、相手と同一化することであった。そうならなければ、一方が他方を支配するような関係であった。新しい男女関係は、そうではなくて、それぞれが個我を捨てることなしに、たがいに結びつくことなのである。この関係は、「星の均衡」という比喩を使って説明されている。たとえば、地球と月の場合を考えてみよう。この二つの天体は、たがいに引力によって引き合いながら、それぞれの軌道を運行している。この場合、たがいに引きあってはいても、合体はしない。しかし、まったく離れてしまって、それぞれが別の方向に飛んでいってしまうわけではない。二つの天体は、引き合う力と、離れる力のあいだで、ひとつの均衡状態をつくって存在している。

バーキンとアーシュラは、二人の関係において、この「星の均衡」を目指した。これを達成するのは容易なことではないが、それ以外には、二人が結婚生活を続ける道はない。自我の主張、自分の意志によって相手を支配しようとする性向は、男女を問わず、現代人に顕著に見られる。どのようにすれば、このような男女が、共に結婚生活を続けることが可能であろうか。そのひとつの解答を、ロレンスは、この作品において示している。

わいせつな眼とモデル問題

この小説にも、男女の肉体の結びつきが描かれているため、『虹』の場合と同じように、わいせつ文書であるという非難が一部から起こった。一九二一年九月、

『ジョン・ブル』紙は、「当局が発売禁止にすべき本」として、この作品の弾劾をしている。「性的堕落のいとうべき研究」という見出しで、「自然な人間の本能」を「これ以上なくいやらしく、ねじまげた形」で描写し、それをことさらに喜ぶところがあると非難している。

当時の道徳の基準からすれば、書き過ぎていると思うところがあろうが、ロレンスの意図が、皮相ではなくて、人間の内部にひそむ衝動をえぐり出すことであったと考えれば、この非難は表面的なものでしかない。また、この種の批判によくあるように、作品全体のテーマを知ろうとする努力をすることもなしに、作品の一部だけを取りあげ、そこだけを針小棒大にあげつらうやり方は、作品の正しい読み方ではない。小説が「わいせつ」であるといっているが、結局は、書評者が、自分の「わいせつ」な眼で小説を読んだというに過ぎない。色眼鏡をかけてみれば、すべては色がついて見える。

『ジョン・ブル』紙の非難にもかかわらず、発売禁止にならなかった。ところが、別の種類の問題が生じて、あやうく裁判沙汰になりかけた。それはモデル問題である。作中人物のハーマイオニ＝ロディスが、オトリーン＝モレルをモデルにしているということである。すでに述べた通り、オトリーンは、ちょうど『恋する女たち』が執筆されていた一五年から一六年にかけて、ロレンスと親交があった。ロレンス夫妻は、オトリーンの邸宅、ガーシントン・マナーに招かれて滞在している。また、『虹』が発売禁止の処分を受けたときは、彼女の夫で自由党の国会議員、フィリップが、下院で二度にわたって、その処分が不当であることを述べ、撤回することを要求している。したがって、オトリーンにしてみれば、ロレンスから感謝されこそすれ、うらまれる筋合いはないと考えたであろう。たしかに、ロレンス自身も、感謝の意をあらわすため、詩集の一冊を彼女に献呈している。現実の生活では、二人の関係は親密であった。

ところが、自分のもとに送られてきた、最終段階の『恋する女たち』の原稿を読んだとき、オトリーンは激怒した。そこには、ハーマイオニ＝ロディスという女性として、自分がひどく悪く描かれているのを知ったからである。作品中には、名前は変えてあるが、彼女の邸宅のガーシントン・マナーがあらわれる。それは、現実を知っている人なら簡単にわかる。さらに、ハーマイオニの顔つき、声の調子、服装なども、オトリーンをモデルにしていることは疑いない。それだけならよいとしても、その原稿では、ハーマイオニは、オトリーンの言葉を借りれば、「色情狂」で、同性愛的性向を持ち、ロレンスらしい人物の情婦になっていたという。

オトリーンは、自分の判断がかたよったものであることをおそれて、オールダス＝ハックスリーにも、その原稿を読んでもらった。彼女と同意見であったという。オトリーンは、ロレンスに抗議した。その結果、ある程度、表現がやわらげられた。しかし、彼女は、この事件のために、ロレンスと絶交した。たしかに、ハーマイオニは、作品のなかでは、派手な外見や言動とは裏腹に、内面的には空虚で、ただ、男性を支配することしか考えない女性としてあらわれている。オトリーンならずとも、自分がこの女性であるといわれれば、不愉快な気持になるのはごく自然であろう。とくに、オトリーンの場合は、種々の点で、ロレンスのために尽力している。裏切られたという気持になるのはうなずける。

ただ、ロレンスを弁護する立場から見れば、たしかに、ハーマイオニは、その輪郭は、オトリーンをモデルにしているが、作品中の人物は、モデルとは独立していると考えてよいのではないかということである。ハーマイオニは、小説中のひとりの人物として、ロレンスが創造したものであり、現実の人間ではない。実際のオトリーンは、ハーマイオニとして批判される欠点に近いものがあったにしろ、全体としては、すでに述べた通り、芸術の愛好家である庇護者であり、第一次大戦中における、平和運動の支援者として尽力したすぐれた女性であった。

モデルの問題は、この作品ではじめて起こったわけではない。『息子と恋人』においてもあった。作中のミリアムのモデルは、ロレンスの恋人、ジェシー＝チェンバーズであった。送られてきた原稿を読んだとき、ジェシーは激怒した。事実とは違うことが書いてあるのを知ったからである。さらに、その記述は、彼女の名誉を傷つける内容であった。その作中人物が自分であると思えば、怒るのは当然であった。小説を書くとき、ロレンスは、現実の場面や、実際の人物を基とすることが多い。ところが、ロレンスは、実際の人物の輪郭を借りながら、その人物を、自分のイメージに合わせて変形していくという方法をとる。したがって、モデルにされた人々を傷つけることがでてくる。

『恋する女たち』のなかには、オトリーン＝モレルのほかに、一時、ロレンスと親交のあったバートランド＝ラッセルも登場する。ラッセルは、数学者、哲学者、そして平和運動家としてあまりにも有名であるが、すでに述べた通り、一九一五年のころ、ロレンスとしばしば会い、議論を戦わし、影響を与えあっていた。

この作品のなかで、ラッセルはジョシュア卿という従男爵として登場する。卿は、「知識は自由なり」という言葉をよく口にする。バーキンから見ると「ひからびた硬直した肉体」の卿が、この言葉をいうと、それが「固めた錠剤」のように思われると、揶揄的に描かれている。すなわち、ジョシュア卿は、知識ばかりをふりまわし、生きた現実に眼を向けない人物として批判されている。ロレンスによれば、知識はすべて過去の事柄についてのものであり、それをそのまま現在や未来に当てはめることによって多くの誤りが生じる。ラッセルその人は、知識のみをふりまわして満足しているジョシュア卿以上の人間であることは明らかである。ロレンスは、ラッセルの一面を借りて、それによって、ひとりの否定的な人物をつくったにすぎない。

六　地霊を求める旅

イタリアの美しい太陽と海　一九一九年十一月、ロレンスはイタリアに向けて出発した。一四年六月に離れたときはすぐ戻る予定であったが、第一次大戦が起こったため、イギリスを出ることができなかった。希望がかなえられるまで四年以上の歳月が流れた。フリーダは、ひと足先にイギリスを離れていた。大戦のため会えないでいた母親を南ドイツ、バーデンバーデンに訪れるためであった。ロレンスとは、フィレンツェで落ちあうことになっていた。

ロレンス夫妻は、知人の紹介で、南イタリアのピチニスコに滞在することになっていた。ナポリから北へ約七十キロの所で、鉄道駅から、二十キロ以上も入る、交通不便な村であった。ここに、ロレンスの知人の父親に世話になったイタリア人が住んでおり、便宜をはかるといってくれた。経済的に余裕のないロレンス夫妻には有難かった。

ロレンスは、列車で、パリからトリノを経由してイタリアに入った。イタリアでは、当時、ストライキが行われており、ロレンスの乗った列車は、トリノで立往生したが、やがて、ジェノヴァから海岸にそって南下したとき、ロレンスはイタリアの美しさに感動し、この国に戻れた幸福感にしばしひたった。「イタリアはすばらしい――本当にすばらしい。――美しい、美しい太陽と海」とそのときの感動をしるしている。フィレンツェで、フリーダと落ちあったあと、予定通りに、ピチニスコへ行った。借りた家は、人里離れたところで、近くに店もなく不便であった。さらに、到着した季節がわるかったのだが、ひどく寒かった。ロレンス夫妻は、そこに滞在することができず、知人の小説家、コムトン＝マケンジーを頼って、ナポリの近くのカプリ島に移った。

カプリ島には、イギリス、アメリカ、ドイツ、デンマークなど、各国の芸術家、作家が住んでいたので、話相手には事欠かなかったが、他方、中傷やゴシップに巻きこまれ、これに厭気がさして、二ヵ月滞在しただけで、三月にはシチリア島のタオルミーナへ移った。タオルミーナは、シチリア島の東側で、イオニア海に面した町である。ロレンス夫妻は、「フォンタナ・ヴェッキオ」（古い泉の意味）という屋号の家を借りた。寝室の窓から、太陽がのぼってくる様子がよく見えた。はじめ東の空は黄色にそまり、それがピンクに変わり、やがて、燃えるオレンジのように太陽が姿を現わしてくるのを見ているとロレンスは幸福感で胸が一杯になった。これまで住んでいた暗い英国とはまったく違う世界であった。

このように豊かな日光のなかに暮らすことによって、作家の眼は、自然の新しい姿に開かれていった。ロレンスの詩集のうちで、もっともすぐれたもののひとつである『鳥、けもの、花』（一九二三）の中心をなす作品が書かれたのは、ここタオルミーナであった。宿には水道設備がなかったので、ロレンスは、飲料水を汲みに、約百メートル離れた水汲み場まで、水さしを持って出かけた。ある日のこと、いつものように行ってみると先客がいた。一匹の蛇であった。水を飲みに来ているのであった。ロレンスが近づいても逃げようとしなかった。ゆっくりと水を飲みおえると、ようやくゆっくりと立ち去った。あたかも王者のようであった。そのときロレンスは衝撃を受けた。これまで知らなかった蛇の姿を知ったからである。明らかに蛇は、それ自体の存在を持つ生き物であり、人間の価値観によって判断されるべきものではないことをさとったのである。このようにして、名詩、「蛇」が生まれた。

「蛇」のほかに、「裸かのいちじくの木」、「裸かのアーモンドの木」、「アーモンドの花」、「紫のアネモネ」、「シチリアのシクラメン」、「ハイビスカスとサルビアの花」、「ロバ」、「雄の山羊」、「雌の山羊」などがタオルミーナで書かれた。この題目からだけでも、ロレンスがここで、何を見ていたかがわかる。扱われている植物も動物も、とくに変ったものではない。しかし、それらを独特の想像力でとらえている。

「もうひとつの世界」の発見

ロレンスが、自然の新しい姿に目を開かれたのは、シチリア島においてだけではない。イタリア本土においても同じことがいえる。同じころ、一時滞在したトスカナ地方（フィレンツェはその中心都市のひとつ）でも、『鳥、けもの、花』に収められた詩を書いている。「ざくろ」、「桃」、「カリンとオウシュウナナカマド」、「いちじく」、「ぶどう」、「いとすぎ」などである。

もうひとつの世界があった、
薄暗く、花のない、つるの世界が。
水かきを持ち、沼に住む生き物がおり、
岸には、柔らかい脚をした、汚れを知らぬ原始人が住んでいた。
静かで、敏感で、活発で、
聴覚が鋭く、触覚が鋭かった。
ちょうど、正しい方向にのびていくつるのように、
潮に向って手をのばす月よりももっと繊細な本能で、
手をのばしてつかむつるのように。

（「ぶどう」）

現代の植物の王者はバラであるが、ぶどうが植物の王者であった時代があったという。その時代には、花の代りに、あの繊細なつるが一番魅力のあるものだった。その時代の人間は、頭脳ではな

くて、つるのように繊細な聴覚や触覚によって生きていたのである。その原始人に比べると、現代人は、感覚の鋭敏さを失い、堕落してしまっている。ロレンスがそのような原始人に言及するとき、ローマ人が侵入する以前に、トスカナ地方に住んでいたエトルリア人を考えている。エトルリア人は、ぶどうのつるのように繊細な感覚を持っており、抽象的な観念によって邪魔されることなしに、植物のように生き生きと生活していた。しかしローマ人によって滅ぼされてしまった。エトルリア人は消滅してしまったが、その生き方は、ぶどうのつるのなかに感じとることができる。

一九二一年一月、ロレンス夫妻は、サルジニア島を旅行した。タオルミーナからパレルモまで列車に乗り、パレルモから、船で、サルジニア南端のカリアリに上陸し、列車で北上して、途中の町に寄りながら、北端のテルラノーヴァに至り、そこから、船で戻った。約一週間の旅であった。この旅の見聞は、旅行記『海とサルジニア』にまとめられた。旅は、ロレンスにとって常にそうであるように、単なる観光ではなくて、その土地固有の地霊に触れることである。サルジニア旅行の目的もそこの固有の地霊に触れることであった。

ロレンスは、サルジニアは、ヨーロッパの一部であると考えられているがそうではないという。ヨーロッパ文明の影響を受けていないものが存在する。つまり、ギリシア文化の影響を受けず、ローマ文化、そして、キリスト教の影響も受けていないもの、すなわち、それらの文明以前のものがなお存在しているとする。それは、そこの農民の眼に、服装に、態度に表われているとする。キリスト教の愛他精神ではなくて、自己に対する誇りがあるとする。それは、農民の「男らしさ」に残っている。この種の「男らしさ」は、ヨーロッパの他の地域では、キリスト教道徳のために消滅している。このように、ロレンスは、サルジニアに固有の地霊を感じ、ヨーロッパ文明とは違った文明が残っていることを発見する。

オーストラリアを経てアメリカへ　一九二二年二月、ロレンス夫妻は、船でナポリを立ってアメリカへ向った。途中、セイロン島、オーストラリア、ニュージーランド、などに寄って、九月四日、サンフランシスコに到着した。大戦中から、アメリカ行きを計画していたが、出国許可が出ず、取りやめになっていた。ようやく年来の希望がかなえられることになった。

すでに述べたように、一九一八年から一九年にかけては、後に、『古典アメリカ文学研究』として出版されることになる、十九世紀アメリカ文学論を雑誌に発表し、アメリカ文学の意義を明らかにした。また、一九二〇年、すなわち、イタリアに滞在しているとき、「アメリカよ、自分自身の声を聞け」というエッセイを発表し、ヨーロッパとは異なる、新しい国としてのアメリカに期待している。アメリカの観光客は、イタリアにやってきて、たとえば、ミラノ大聖堂を見て賛嘆し、ヨーロッパ文化の偉大な伝統を賞賛し、それにひきかえ、母国アメリカには、伝統的文化がないと嘆く。ロレンスは、この考え方は間違っているとする。アメリカ人の尊敬すべきものは聖フランチェスカではなくて、モンテズマ（アステカの最後の皇帝）であるという。つまり、アメリカには、ヨーロッパとは異なるが、それ自身の伝統があるのだから、ヨーロッパの声ではなくて、自身の声に耳を傾けるべきだと主張する。

アメリカ行き実現の背後には、ひとりのアメリカ女性の尽力があった。メイベル＝ドッジ＝スターン＝ルーハーンという、フリーダと同年生まれの女性であった。メイベルは、ニューヨーク州の富裕な銀行家のひとり娘であった。最初の夫、エヴァンズとのあいだにジョンという息子がいたが、狩猟中の事故で夫を失った。ドッジという建築家と再婚して、長いあいだイタリアに滞在したが、一九一二年、離婚した。スターンという画家と三度目の結婚をしたが、長続きしなかった。四度目の結婚は、インディアンのトニー＝ルーハーンとであった。はじめ同棲していたが一九二三年に正式に結婚した。

メイベルは、芸術や文学の愛好家であり庇護者であった。ニューメキシコ州のタオスに広大な土地を所有し、芸術家、文学者のための村をつくろうとした。メイベルは、たまたま、ロレンスの旅行記『海とサルジニア』を読んで感嘆し、このような作家をアメリカに招いて、タオスについても書いてもらおうと考えた。一九二一年にロレンスに招待状を送り、行くという返事をもらった。しかし、なかなかロレンスが来ないので、ルーハーンに、ロレンスを引き寄せる、インディアンの呪術をさせたという。

オーストラリアの叢林にて

ナポリを出帆してから十四日の船旅の後、セイロン島に着いた。そこに滞在していた仏教研究家の知人ブルースターを訪れたのである。しかし、セイロン島の暑さも仏教もロレンスの気に入らなかった。二週間滞在した後、セイロンを離れ、オーストラリアに向い、五月四日、西オーストラリアのフリーマントルに到着した。

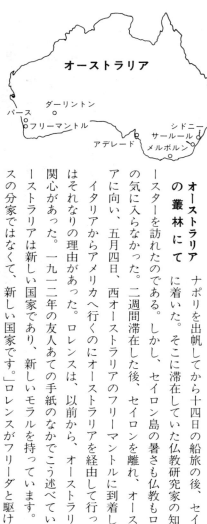

イタリアからアメリカへ行くのにオーストラリアを経由して行ったのにはそれなりの理由があった。ロレンスは、以前から、オーストラリアに、関心があった。一九一二年の友人あての手紙のなかでこう述べている。「オーストラリアは新しい国家であり、新しいモラルを持っています。イギリスの分家ではなくて、新しい国家です。」ロレンスがフリーダと駆け落ちしたとき、二人は、オーストラリアに行く可能性もあったという。元来オーストラリアは、イギリスからの流刑者によって開拓されたが、健全な発展をみせ、一九〇一年には、連邦として統一された。第一次大戦に、オーストラリア軍として参戦するに及んで、統一国家としての意識が高まってきた。ロレンスが、「新しい国家」としての期待を寄せているのは当然であろう。

たまたま、ナポリからセイロン島への途中の船上で、ロレンス夫妻は、ジェンキンズ夫妻というウェスタン・オーストラリア州の首都、パースに住むオーストラリア人に会った。この夫妻のすすめで、西オーストラリアに立ち寄ることにした。五月四日、フリーマントルに到着。最初、ジェンキンズ夫妻の家に宿泊したが、すぐに、ジェンキンズ夫人の紹介で、パースの東、約六十キロにあるダーリントンの、療養所兼旅館に宿泊することになった。そこの看護婦で管理人のモリー＝スキナーは著作もある女性で、小説家の来訪に関心を持った。後に、彼女の小説に、ロレンスが手を加えた、『叢林の少年』（一九二四）が出版された。この付近は、叢林が多く、ロレンスはそれに惹かれた。樹木は、「裸かの原住民」のように思われた。ロレンスは、森によって想像力をかきたてられてきたことは、すでに述べた通りであるがここオーストラリアでも、叢林に惹かれている。叢林のなかに、何か生き物がいる。それは、オーストラリアの地霊であると感じた。これは、ロレンスが、キリスト教文明の影響を受けないコーンウォルや、サルジニアで感じたのと同じものである。

政治への懐疑

ロレンスは、ダーリントンから、時おり、パースに出てきた。そこで、ジェンキンズ夫人を通して、文学愛好家に紹介され、歓迎を受けた。イギリスで発売禁止になっている『虹』が、ここの図書館にあったこともロレンスをよろこばせた。詩人のジーベンハーから、オーストラリアの政治情勢をきいた。彼は、左翼の活動家であり、労働者を煽動したという理由で、公務員を解雇されていた。この詩人を通して、ロレンスは、オーストラリアの政治に関心を持ち、文献も調べた。これが、後に述べるように、小説、『カンガルー』（一九二三）に生かされることになる。

五月十八日、フリーマントルを出て、東へ向った。アデレード、メルボルンに寄港しながら、二十七日にシドニーに着いた。この頃、ロレンス夫妻は、所持金がとぼしかったので物価の高いシドニーには滞在することができなかった。この時期は、オーストラリアは冬で、海岸の保養地なら宿を安く借りられるだろうということで、シドニーの南、約五十キロの町サールールの海岸にある、保養客用の一軒家を借り、オーストラリアを去るまでは、ここに住んでいた。『カンガルー』の舞台にもなっている。

『カンガルー』のなかで、ロレンスは、オーストラリアにおける、右翼の在郷軍人会と左翼の社会主義者の抗争を描いているが、これは、ほぼ事実を基にしている。十九世紀後半から、ヨーロッパでは社会主義の波が広まってきたが、イギリスでは、一九〇〇年に労働党が結成され、次第に勢力をまして、一九二四年に至って、はじめて労働党内閣をつくった。その後、保守党と労働党の二大政党の対立という形で現在に至っているが、オーストラリアでは、イギリスよりも早く、労働党が政権を握った。これに脅威を感じた右翼勢力は「国王・帝国同盟」という秘密結社をつくり、左翼団体に対抗した。この結社には地下軍隊もあった。労働党内閣が政権を失ったあと、この結社の実質的な意味は薄まったが、なお活動は続けた。

ロレンスが滞在していたころのオーストラリアの政治情勢は、このように右翼、左翼の対立であった。ロレンスは、偶然のきっかけから、右翼団体と接触を持つことになった。地下軍隊のジャック＝スコット少佐と知り合い、秘密組織について情報を得た。また、後に、秘密結社の局員、ローゼンタール少将と会った。（小説『カンガルー』の中心人物の「カンガルー」は、ローゼンタールをモデルにしている。）他方では、ロレンスは、社会主義運動家と接触した。このような経験が基になって、小説『カンガルー』が生まれた。作品のなかで、在郷軍人会と、労働者の衝突の模様が描かれているが、これは、二一年のメーデーのとき起こった両派の衝突に基づくとされている。

ロレンスは『アロンの杖』（一九二二）において、「より偉大な魂」を持った「案内者」に、一般の人々は服従しなければならぬと述べ「案内者」として、小説家リリーを登場させている。この「指導者」の主題は、『カンガルー』に引き継がれている。政治運動の指導者「カンガルー」は、「指導者」である。この点では、当時のロレンスの持っていた思想が作品に投影しているといえる。しかし、作者みずからをモデルにしている小説家サマーズは、政治運動に懐疑的である。政治抗争の場所を離れて、自然のなかに憩いたいと思う。なによりも大事なのは個人の内的な自由であると思う。ここに、作者ロレンスの思想が現われている。政治は、結局は問題を解決することにはならない。たしかに、政治は、外的な環境をよくすることができる。たとえていえば、植物の成長をさまたげている障害を取りのけるのは政治である。しかし植物の伸びる力というのは、政治が与えるものではない。伸びる力というのは、個人がそれぞれその内部に持っているものなのである。

八月十日にシドニーを出港し、サンフランシスコに向った。途中、ニュージーランドのウェリントンに寄港したとき、この地の出身であるキャサリン＝マンスフィールドを思い出した。喧嘩別れしたのだが、彼女に対する思いは捨て難く、手紙を書いた。居所が不明だったので、オトリーン＝モレル宛に送った。オトリーンとも、『恋する女たち』のモデルのことで絶交していたのだが、この後、ふたたび交際がはじまった。

タオスに住む

ロレンス夫妻は、一九二二年九月四日、サンフランシスコに到着した。メイベル＝ルーハーンは、ホテル宛に、タオスの最寄りの駅までの鉄道切符を送ってよこした。サンフランシスコからは、自分の「客」だというのである。所持金がすくなかったロレンス夫妻にとってはうれしかった。夫妻は、列車で、タオスに一番近い駅ラミーまで行った。駅のプラットフォームで、出迎えにきていたメイベルと会った。メイベルは、同棲中のインディアン、トニー＝ルーハーン（正式に結婚したのは翌年）を連れてきていた。このとき、はじめてロレンスは、実際にインディアンを見た。トニーはインディアンのなかではインテリであったが英語がよくしゃべれないため沈黙していた。一行は、トニーの運転する自動車で、ラミーからタオスに向った。

タオスは、ニューメキシコ州の北部にある町である。この辺は、北米大陸の西側を南北に走るロッキー山脈の山系に入る。山のあいだの盆地ともいうべきところに、タオスはある。ロレンス夫妻は、まず、タオスのメイベルの家に案内された。この家は、アメリカ西南部やメキシコでよく見られる「日干しれんが」を積んでつくったものであった。「日干しれんが」というのは、わらをまぜた泥土を日光で乾燥して固くしたものである。この地方独特の家屋は、ロレンスをよろこばせた。

メイベルは、個性的で我の強い女性であった。同年生まれのフリーダとかなり共通点があった。すでに述べたように、フリーダは、オットー＝グロースの思想的洗礼を受けて、性の解放を至上のものと考えた。「性が自由でありさえしたら、世界はすぐに天国に変る」と信じていたし、また、実際に、この信念に基づいて行動していた。ロレンスと正式に結婚していながら、それを無視して、他の男性と情事を持つことがあった。メイベルも同じような思想を持っていた。種々の文明病の根源は、性の抑圧であるから、性を解放することによって、それを直すことができると考えていた。したがって、当時の性道徳を無視していた。

このように個性の強い二人の女性のあいだに、ロレンスをめぐって争いが起こったのは自然である。メイベルは、ロレンスに、自分の波乱の生涯について小説に書いてもらおうとした。そのため、ロレンスと二人だけで話し合うことがあった。フリーダは、これが気に入らなかった。メイベルがロレンスを独占するように思えたのである。フリーダには、ロレンスの天才を理解し、それを伸ばすことができるのは、自分をおいてないという自負があった。メイベルがロレンスに接近することに我慢がならなかった。ロレンス夫妻は、メイベルとあまり近く住むことはよくないことを知って、

右より，ドロシー=ブレット，フリーダ，メイベル=ルーハーン

メイベルの所有地であるデルモンテ牧場に住むことになった。タオスから三十キロ近く離れたところである。この年の十二月のことであった。そのころ、ロレンスは、タオスで、メリルドとゴッチェという二人のデンマークの画家と知り合った。デルモンテ牧場に引越すときに、彼らの自動車を使ったことは、メイベルの神経をさかなですることになった。フリーダとメイベルの争いは、ここで終ったわけではない。後に述べるように、ロレンスの死後まで続くことになる。

アメリカインディアンへの関心　タオスに着いてまもなく、ロレンスは、アリゾナ州にアパッチ・インディアンの祭りを見るために出かけた。フリーダを残して、ロレンスだけがトニーの運転する車で出かけた。五日間の旅であった。すでに述べたように、ロレンスはインディアンに対してかなりの関心を持っていた。アメリカ人はアメリカには伝統的な文化がないといって嘆いているがそれは間違っている。たしかに、ヨーロッパの文化が唯一の文化であるとするならば、そのような伝統はアメリカには十分にはないであろう。しかしアメリカはヨーロッパと異なる独自の文化を持つのが当然と考えるならば、アメリカにも文化はある。ロレンスの考えでは、それは、原住民の文化なのである。ヨーロッパの聖フランチェスカを尊敬するのではなくて、アステカの皇帝モンテズマを尊敬すべきなのである。アメリカは、アメリカ自身の声に耳を傾けるべきなのである。

ロレンスは、ヨーロッパのキリスト教文明は行き詰っていると考えている。キリスト教道徳を押し進めていけば、ドストエフスキーが描いたように、人間は「白痴」になっていく。行き詰りから逃れるためには、新しい、キリスト教とは異なる文明を求めなければならない。ロレンスは、イギリス西部のコーンウォルや、サルジニアで見たような、キリスト教に染っていない、それ以前の文明をさがし求める。アメリカ大陸においても、キリスト教文明と異なる文明に接したいと思う。具体的にいえば、アステカ、マヤ、インカなどの文明をつくったアメリカ大陸の原住民に注目することになる。もちろん、アメリカに来る以前から、インディアンについてはかなりの知識はあったが、実際に会ったことはなかった。トニーが、最初に見たインディアンであった。

アパッチ・インディアンの祭りを見て、ロレンスが一番感銘を受けたのはダンスである。太鼓の音に合わせて踊り、うたうインディアンのなかに、宇宙の生命との一体感を感じた。インディアンは、文明人が失ってしまった古い宗教を持っているように思えた。この宗教は、あらゆる存在物、たとえば、太陽でも大地でも、山でも岩でも生命を持っており、その生命と人間の生命が交感するのであった。文明が進むにつれて、この一体感は崩れ、人間は、他の存在物と分離してしまった。さらに悪いことには、人間は、他の存在物を征服し破壊しはじめた。これはまことに不幸なことであって、悪くすると、人間の自滅にもつながりかねないものであった。文明人が失ってしまった宇宙の生命との一体感をインディアンは依然として持っているとロレンスは感じた。

メキシコの原始宗教

一九二三年三月、ロレンス夫妻は、友人のビナーらとともにメキシコ旅行に出かけた。メキシコシティ、ガダラハラ、チャパラ湖などをまわった。十一月、一旦メキシコを離れるが、翌二四年から二五年はじめにかけて再訪した。このメキシコ旅行は、ロレンスの想像力に刺激を与え、ひとつの長編小説を書かせることになった。『翼ある蛇』（一九二六）がそれである。

これはアメリカ大陸を舞台とした小説である。これによってロレンスは「アメリカ」を表現しようとした。すでに見たように、ロレンスは、アメリカの原住民——インディアンに関心を持った。彼らは、古い宗教を表現しているからであった。『翼ある蛇』では、この「古い宗教」が復活する話が書かれている。スペイン人が侵入することによってアステカ帝国は崩壊し、その宗教もキリスト教によってとって代わられた。しかし、人々は、精神的に満足を得ることができなかった。こういう時期にラモンとシプリアーノという二人の男がアステカの宗教を復活させようとしている。その神はケトサルコアトルとよばれる鷲と蛇の合いの子であった。ラモンは自分はケトサルコアトルの化身であるといい、シプリアーノは、アステカの軍神フイシロポチトリの化身であるといっている。

宗教復活の運動が行われているのはサユラ湖（チャパラ湖）の岸である。ここは文明化されたメキシコシティとは対照的に自然が豊かである。ここに、この作品の主人公ケイト＝レズリーがやってくる。彼女はアイルランド出身で四十歳である。独立の志士である夫を失ったあと、新しい世界を求めてメキシコに来た。彼女はヨーロッパ文明に絶望している。ヨーロッパでは、すでに失われてしまった「生の神秘」への信仰を、アメリカ大陸において発見できるのではないかと期待している。

アステカの宗教復活運動のことを偶然知ってサユラ湖畔にやってくる。そこで、彼女は、古い宗教の儀式を見、賛美歌をきく。シプリアーノから求婚され、ためらった後、結婚する。しかし、彼女は、アステカの宗教に惹かれはするが、自分のヨーロッパ的自我を捨てることができない。

この小説の結末を見ると、作者は、アステカの宗教を全面的に支持しているとは思われない。ヨーロッパ合理主義精神は、古い宗教儀式を疑いの眼で見ている。しかし、ロレンスは、この小説を書くことによって、自分が抱いている宗教の本質を表現しようとしたことは明らかである。それは、宗教は道徳を人々に教えるものではなくて、「生の神秘」に触れさせるものだということである。太陽や星や風を生命を持つものとして信仰し、それらと交感するという神秘的な体験こそ、宗教なのである。

子供をめぐる争い

一九二三年八月、フリーダは、ロレンスをアメリカに残したまま、イギリスに戻ってしまった。そのひとつの理由は、自分の子供たちに会いたかったからである。三人の子供を残して、ロレンスと駆け落ちはしたが、フリーダは子供たちのことを忘れたわけではなかった。アメリカにやってきても、子供たちの安否を気づかっていた。長女のエルザが身体が弱いことを知って肺結核ではないかとおそれ、もしその恐れがあれば、空気の乾燥しているニューメキシコに呼び寄せようかとも考えていた。他方、ロレンスにしてみれば、子供たちは憎いわけではないのだが、フリーダが自分のことよりも、子供たちの方に注意を向けることに我慢がならなかった。このことから、二人の間にはしばしば争いが生じた。

また、フリーダは、放浪の生活をやめて定住したい気持を持っていた。ロレンスは、新しい大陸を訪ね、そこの「地霊」に触れて、それを作品において表現しようという意図を持っていたから放浪の生活を選んだのであるが、その種の目的がないフリーダにとっては、旅から旅への生活はかなりこたえた。彼女の心のなかには、ヨーロッパに戻ってそこで住まいを定めたいという気持があった。とりわけ、子供たちと一緒に住みたいと思っていた。

さらに、二人のあいだには、主導権をめぐって争いが絶えなかった。ロレンスはフリーダを自分に服従させようとした。彼は、とくにこの時期には、女性に対する男性の優位という思想にとりつかれていた。『翼ある蛇』のなかで、ラモンの二番目の妻テレサが、夫に絶対的に服従しているように、フリーダが自分に服従することを求めた。しかし、フリーダは人一倍我の強い女性である。ロレンスに黙って従うようなことは絶対できなかった。ロレンスは『息子と恋人』のなかで、父と母の激しい相剋を描いたが、また、自分もそれを経験することになった。ロレンスとフリーダの争いは、これまでしばしば繰り返されてきたものであるが、別行動をとるというところまではいかなかった。ロレンスを残したまま、フリーダがヨーロッパへ戻ってしまったということは、かなり決定的な行為であった。今度こそは、本当に離婚かという噂もささやかれた。

ロレンスはニューヨークでフリーダと別れたあと、アメリカ、メキシコを旅行したが、どうしてもフリーダなしでは暮らすことができなかった。精神に異常をきたしたようだったと、一緒に旅行していた知人は語っている。ひどい言葉を投げつけることはあったが、ロレンスは、フリーダを愛し、彼女に惹かれていた。とうとう彼は折れて、十一月、フリーダのあとを追って、イギリスへ向った。もし万が一、フリーダがロンドンに居を構えて、子供たちと一緒に暮らしはじめ、自分を必要としなくなってしまったときのことを考えると、ロレンスは、とても耐えられなかった。もし、今、あとを追って行かなければ、そういう事態が起こるかもしれなかった。フリーダの前では、自分の優位を主張して強がっていた彼も、ひとりになると急に弱気になってしまった。

十二月に、ロンドンに着いたロレンスを待ち受けていたのは一段と不愉快な光景であった。出迎えたフリーダのかたわらに立っていたのはマリであった。しかも二人は親しげであった。ロレンスは、嫉妬のあまり気も狂わんばかりであった。マリは、妻、キャサリン＝マンスフィールドを、病気でなくしたばかりであった。寂しさをまぎらすため、フリーダをよく訪問し、二人の仲は急速に接近した。フリーダがドイツへ、マリがスイスへ行く旅の途中、フリーダは、マリを寝室に誘った。しかし、マリは、親友ロレンスを裏切ることができず、これに応じなかったという。（二人が関係を持つのは、ロレンスの死の直後である。）

ラナニムの夢

翌、二四年の二月、ロレンスは、友人たちとロンドンで一堂に会したとき、これまですでに表明していた理想郷、ラナニムの建設を説いた。以前は、オトリーン＝モレルのガーシントン・マナーをそれにしようと考えたが、今度は、タオスにそれをつくろうとした。そして、友人たちにアメリカへの同行を求めた。その席には、マリ、キャサリン＝カーズウェル、コテリアンスキー、ドロシー＝ブレット、メアリ＝キャナン、マーク＝ガートラーがいた。キャナンをのぞいては皆、同意した。ところが、実際に、ロレンスに同行してアメリカ行きを決意したのは、ドロシー＝ブレットただひとりであった。この結果、ロレンス夫妻は、ブレットのみを伴って、三月、ふたたび、タオスに戻った。

ブレットは子爵の娘で、スレイド美術学校出身で、絵を描いていた。この時、三十歳を越えていたが独身であった。ロレンスの作品を読んで、その信奉者になった。難聴で補聴器をつけていた。これはラッパのような形をしていて、聞く人の方に向けられるのである。ロレンスは、ブレットをフリーダとメイベルのあいだの「緩衝器」にしようとした。彼女がいることによって、我の強い二人の女性の争いが弱まるだろうと考えた。

ロレンス夫妻がタオスに戻ってきたことはメイベルを大変よろこばせた。メイベルの息子のジョンが住んでいたロボ牧場をロレンスが素晴らしいとほめたことから、メイベルは、その牧場をロレンスに贈呈しようと申し出た。ロレンスは、他人から贈物をもらうのは好きではないと断わると、今度は、フリーダに贈呈しようといった。彼女はそれを受けた。彼女は、放浪の生活にあき、どこかに居を定めようと思っていたので、これは有難い申し出であった。しかし、無償でもらうということには問題があるので、その返礼として、『息子と恋人』の原稿をメイベルに贈った。この原稿は、フリーダの娘のエルザが、ドイツ語に翻訳するために所持していたものである。このようにしてロレンス夫妻は、この牧場に住むことになり、カイオワ牧場と名付けた。広さは一六六エーカーあり、三つの小屋があった。ジョンが使用していたものなので、メイベルは、その代償として四百ドルと水牛革の服を息子に与えた。

ブレットは、ロレンスを天才として尊敬していたのであって恋愛感情を持っていたわけではなかったが、フリーダにとっては、彼女の存在は目ざわりであった。ブレットは、いつもロレンスの言葉に耳を傾け、フリーダの存在を無視した。ふつうであれば、ロレンスにだけ注意を向けていることとは、はっきりとはわからないのであるが、ブレットの場合は、話を聞く相手に補聴器を向けるので、だれの話に耳を傾けているか一目瞭然にわかるのだった。その補聴器は、いつもロレンスの方に向けられており、フリーダの方に向けられることは一度もなかったのである。これは誇り高いフリーダの心を傷つけることになった。

父の死

九月には、ロレンスの父が死去した。享年七十八歳であった。七歳で炭坑夫として仕事をはじめ、一生、炭坑夫として働いた。父の死の知らせをきいて、ロレンスは友人にこう語った。自分は、『息子と恋人』において、父親のことをひどく悪く書きすぎた。あの作品をもう一度書きなおしたいと。たしかに、その作品において、父親をモデルにしたモレルは、酔っぱらってどなりちらし、妻に暴力をふるう夫として描かれている。母親をよく描き、その対照として、父親を悪役としようとする意図があったことは察することができる。しかし、注意して読めば、父親は悪くばかり書かれているわけではない。教育こそなかったが肉体の頑健な、子供たちにやさしい父親としての面を見ることができる。そして、何よりも大事なことは、清教徒で、道徳的な母親と対照的な存在として父親を考えていたことである。母親の「精神」に対して、父親は「肉体」をあらわしていた。ロレンスは、次第に母親的なものを否定し、父親的なものを重視するようになっていた。ロレンスの想像力にとって、父親は、ひとつの原型的存在であった。

一九二〇年に発表された小品に「アドルフ」がある。ここには、『息子と恋人』に書かれたのとは異なる父母像がある。夏の朝、夜勤からもどって来る途中、父親は、一匹の子兎を拾って来る。何か毒のものをたべたからであろうか、親兎が死んでおり、他の三匹の子兎も死んでいた。生きていた一匹も、放っておけばやがて死んでしまうであろう。父親がポケットからこの小兎を取り出して朝食のテーブルの上においたとき、子供たちは、喜んで歓声をあげた。アドルフという名前がつけられた。ところが母親は非難した。こんな野兎を飼うと、いろいろ面倒なことが起るというのである。たしかにその通りであった。牛乳を飲ませようとしても、はじめはただじっとしているだけで、飲まなかった。はたして生き続けるかわからなかった。死んでしまえば、子供たちは嘆き悲しむだろう。小兎は元気を回復した。ところが、茶碗に入れておいた牛乳をこぼしたり、受け皿の上に糞をしたりした。母親は、不潔きわまりないことをする兎を捨ててしまいたかった。しかし子供たちは反対した。そして、まだ小さいから、兎小屋ではなくて、家のなかで飼おうと主張した。兎は、元気に部屋のなかをはねまわるにつれて、ますます悪さをした。食卓の上で砂糖壺のなかの砂糖を食べようとした。牛乳やクリームをこぼした。床やベッドの上に糞をした。カーテンを引っぱってカーテン掛けをこわした。

とうとう、アドルフは、野原に放されることになった。父親が、前と同じようにポケットに入れて持って行き、林のそばで放した。この後、そこを通りかかった父親は、アドルフを見かけたという。この作品に描かれている父親は、動物の好きなやさしい心の持主である。子供たちの気持もよくわかっている。これに対して、母親は「清潔」しか、人生において価値がないような考え方をしている、心の狭い人間として描かれている。第二の『息子と恋人』が書かれたとしたら、おそらく、父親と母親は、「アドルフ」において登場する父母のように描かれたであろう。

ラナニムの崩壊

一九二四年十月、ロレンス夫妻は、ブレットを伴って、メキシコ旅行に出かけた。十一月から翌年の二月までワーハーカに滞在した。ブレットは、ロレンスの原稿をタイプして清書する仕事をしていた。また、野外へ、ロレンスは執筆に、そして、ブレットは絵を描くために出かけることもあった。室内ではなくて、屋外で執筆するのをロレンスは好んだ。このころは、ブレットは、ロレンス夫妻とは同じ家に住まず、ホテルに住んでいた。同じ家に住んでいることをフリーダが嫌ったからである。ブレットは、いつも、電車に乗ってロレンス夫妻の家に通っていた。ところが、二五年一月のある朝、ブレットのところへ、ロレンスから一通の手紙が届けられた。それには、今後、交際を絶ちたいという内容のことが書かれてあった。もちろん、フリーダのさしがねであった。ブレットは、この手紙を無視して、その日の午後も、ロレンス夫妻のお茶の時間に出かけた。そのときは何事も起こらなかった。ただ、フリーダには敵意が感じられた。もちろん、もらった手紙のことは何もいわなかった。ブレットがホテルに戻ってロレンスの原稿のタイプをしていると、ロレンスがやってきていった。「あのあと、フリーダがひどく荒れて、もうどうしようもない。家に来るのをやめてくれ。」

翌朝、フリーダ自身がやってきて、弁明の手紙をブレットに渡した。それには、こういう内容のことが書かれてあった。フリーダが気に入らないのは、ロレンスとブレットが、「牧師補」と「独身女」の関係にあるからだ。つまり、精神的な結びつきしかなくて、肉体的な結びつきがないからである。精神的にロレンスを尊敬するのではなくて、愛人関係の方が許せるというものである。理由はともあれ、フリーダは、ロレンスの注意が自分以外の女性に向くことを許せなかったのである。ロレンスの天才を理解し、伸ばせるのは自分だけであると信じていたのである。ここでブレットは、ロレンス夫妻と別れて、ひとりで、タオスに戻ることを決心した。こうして、ロレンスのラナニムの夢は崩壊した。

ロレンス夫妻は、ヨーロッパに戻る計画をたてた。ところがロレンスがマラリヤにかかり、一時危篤状態になった。「もし死んだらここのワーハーカの共同墓地に埋葬してくれ」とフリーダに頼んだほどであった。しかし、奇蹟的に回復した。ところが、メキシコシティで医者に診察してもらったところ、「肺結核」という診断を受けた。これは二人にとって衝撃であった。実は、前年の八月、タオスにおいて、ロレンスは血を吐いたことがあった。このとき診察してくれた医師の診断は、単に気管支炎症であるということで、よろこんだばかりであった。当時にあっては肺結核は不治の病いであり、この診断は死の宣告を意味した。実際に、この医者は、あと、一、二年の命であるとつけ加えたのである。重い心でタオスに戻ろうとする途中、国境の町エルパソの入国管理官は、健康上の理由で、ロレンスの入国を許可しなかった。メキシコシティの有力な友人が動いてくれ、最後にはアメリカ大使館が乗り出してくれて、ようやく入国することができた。

ヨーロッパに戻る際に、ブレットの扱いにロレンスは悩んだ。折角、ラナニム建設の趣旨に賛成して同行してくれたブレットを、タオスに見捨てて戻るわけにはいかなかった。ロレンスは、ブレットにイタリアに行くことをすすめた。彼女は、まだ行ったことがないというので、住んでみる価値があると説いた。彼女もそれに賛成してタオスを離れることになった。メイベルは、更年期障害で、ニューヨークの精神医にかかっており、出国にあたって会うことができなかった。

七　ヨーロッパに戻って

暗いイギリス

一九二五年九月、ロレンス夫妻は、イギリスへ帰った。しばらくロンドンに滞在したあと、故郷のイングランド中部地方に旅して、姉エミリーや妹エイダを訪ねた。このときの故郷の印象はよいものではなかった。ひとつには、中部地方は雨が降り続いていて暗い感じがしたからである。もっと根本的な理由は、当時のイギリス社会の暗さであった。不景気で、失業者が百二十五万人もいた。とくに、当時の基幹産業である石炭産業が不振であった。第一次大戦後しばらくはイギリスの石炭産業は好況であった。それは、競争相手のドイツ、フランスの石炭産業が、戦争で打撃を受けたからである。競争相手が力をつけてくるにつれて、今度は、イギリスの石炭業は不振となった。さらに輪をかけて、戦時中に行っていた、石炭産業への補助金を政府は打ち切ろうとしていた。とくに、石炭産業に頼っている中部地方は、不景気に悩んでいた。

失業者は失業手当で食べていた。そして働こうとはしなかった。働いて収入があると失業手当がもらえなくなるからである。ある村では、失業者がいるにもかかわらず、牧草の刈り手が見つからなかった。働けば手当を打ち切られるからであった。牧草は、干し草にすることができずに、降り続く雨のなかで腐っていった。このような故郷の姿は、ロレンスにとって、まったくやりきれないものであった。手紙のなかで、彼は「人々はある種の革命を期待している」と述べているが、人々の不満と不安をあらわしている言葉である。翌年になると、この「革命」は実際におこることになる。

イギリスに一ヵ月滞在したあと、南ドイツにフリーダの母を訪ね、そこからイタリアに行き、二月に北イタリアの、ジェノヴァの西にある港町スポトルノのベルナルド荘に落着き、翌年の四月まで滞在した。

この家の家主は、アンジェロ＝ラヴァーリというイタリア軍人であった。彼は、細かなことまで親切にしたので、ロレンス夫妻は気に入り、親しく交際することになった。（ロレンスの死後、フリーダは、この軍人と結婚することになる。）この家に、フリーダは、自分の娘たち——二十三歳になる長女のエルザと二十一歳の次女のバーバラを招いて一緒に暮らした。すでに見たように、フリーダが、自分のことを構わず、娘たちの方に注意を向けることにロレンスは我慢できなかった。対抗措置として、妹のエイダをイギリスから呼んだ。エイダは友人を連れてやってきた。エイダはフリーダが好きではなかった。兄を誘惑して、故郷にいることができなくさせた悪い女という見方をしていた。したがって二人の女性のあいだには敵意があった。

フリーダが娘たちと談笑している部屋の隣りでは、ロレンスがエイダを相手に熱心に話をしていた。それが、フリーダには、自分の悪口をいっているように聞こえた。ある晩、フリーダがロレンスの部屋に入ろうとしたら、鍵がかけられてあった。あける鍵はエイダが持っていた。フリーダは、アメリカにロレンスを残してヨーロッパに戻ってきたときのように、離婚の決意さえかためた。エイダがモンテカルロへ行きたいというので、それを幸い、ロレンスはスポトルノを離れ、同行した。そして、ニースで、イギリスに帰る妹たちを見送った。

このあと、ロレンスは、フリーダと娘たちのいるベルナルド荘には戻らずに、カプリ島に行った。そこには、ブレットと、ブルースター夫妻が滞在していた。ロレンスは、ブレットをしばしば訪ねていたが、ある晩、肉体的関係がなければ本当の関係ではないといって、彼女のベッドに入って、キスをした。ロレンスを尊敬しているブレットはいいなりに身を任せたが、それ以上のことは起こらなかった。次の晩、ふたたび、ロレンスは彼女の寝室に入ってきて、肉体関係を求めたが、また、何事も起こらなかった。このあと、ロレンスは、スポトルノに戻り、フリーダと一緒になった。ブレットは、タオスに行った。

アンジェロ=ラヴァーリ

イギリスのゼネスト

五月、フィレンツェ郊外のスカンディッチ村の二階建てのミレンダ荘の二階を借りて、二八年六月まで、断続的ながらここに住んだ。この辺は田園地帯で、ぶどう畑、オリーヴ畑がひろがっている。この二階建ての家は、小高い岡の上にある。七月から九月にかけてイギリスに滞在した。スコットランド、故郷の中部地方をまわった。少年の日の思い出につながるムアグリーンの貯水池も見た。昔、魚をとった小川の底がコンクリートになったり、木の橋が鉄製になって、故郷は昔と違ってしまった。この旅行で一番強烈な印象を受けたのは、炭坑の大ストライキであった。

すでに述べたように、前年、故郷を訪れたとき、「人々はある種の革命を期待している」という感想をもらしたが、それが、現実となってあらわれてきた。他国との競争力をつけるために、炭坑の経営者は、労働者の賃金カットと労働時間の延長を要求した。これに対して炭坑労働組合はストライキによって対抗した。炭坑労組に同情して他の産業の組合もストに入った。これが、二つの大戦のあいだで、イギリスで一番大きな社会的事件といわれている、「一九二六年のゼネスト」である。イギリス社会は二派に分れた。ストに入った百五十万から二百万の労働者に対して、それを非難する中産・上流階級の人々が対抗した。後者の一部の人々は、志願して、電車を運転し、港湾の積荷作業に従事した。世論は完全に二分して、ゼネストは一種の階級間の戦争の観を呈した。

当時、イタリアにいたロレンスは、母国における階級間の対立を憂慮している。ゼネストは五月四日にはじまったが、結局、長いあいだは続かず、九日間で終った。労働者の敗北であった。当時、未組織労働者が全体の三分の二もいたことや、スト準備が十分ではなかったことがその理由であっ

ミレンダ荘

た。ゼネストが終ったことでほっとしたとロレンスは述べている。しかし、ストは完全に終ったわけではなかった。スト続行か否かは、各地の実施委員会に任せられていた。炭坑労働者は、ストライキを続行した。十一月に入って、ようやくストは中止となった。労働組合の敗北であった。故郷に旅したロレンスが見たものは、スト続行中の炭坑労働者のみじめな姿であった。

金に困った労働者は、マーガリンをつけたパンとじゃがいもだけで暮らしていた。朝早く起きて、やぶいちごをさがしに行くものもいたが、これは一ポンドにつき四ペンスで売るためだった。第二組合ができた。それを護衛する多数の警官がいた。警官を侮辱したという理由で逮捕された主婦がいた。その主婦を激励するために、主婦たちが集まって赤旗を振っていた。警官を罵倒する主婦もいた。ロレンスに衝撃を与えたのは、そういう主婦たちは、幼いころ、自分と遊んだ少女たちだったことである。赤旗を振ったり、罵倒するようなことは予想もしなかった。また、警官の方も変ってしまった。昔は、巡査部長と二人の巡査がいたが、あたかも、番犬が羊の群れを守るようにやさしく親切であった。今は、よそから来たのであろう。住民たちの気持を理解することがなかった。炭坑ストは、ロレンスにとって他人事ではなかった。炭坑は自分の父親が働いたところであった。「心臓を槍で突きさされる思いである」とロレンスは述べているが、いつわりのない気持であったろう。

『チャタレー夫人の恋人』の執筆　十月にイタリアに行った。(この後、イギリスに帰国することはなかった。)ミレンダ荘で『チャタレー夫人の恋人』の初稿を書きはじめた。この作品は、第二稿、第三稿(最終稿)と書きあらためられていくのであるが、このとき書きはじめられた初稿には、故郷で見たストライキが影を落しているのは明らかである。初稿では、チャタレー夫人の恋人はパーキンとよばれ、共産党員で、労働組合の書記をしている。共産党員と、資本家の夫人が、どのように愛し、結びつくことができるかが大きな問題になっている。すなわち、ゼネストによって表面化した「階級戦争」に対するひとつの解決をロレンスはここで示している。しかし、ロレンスは初稿に満足できなかった。「やさしさ」が十分描き切れていないと感じた。このため、第二稿、第三稿を書くことになる。

またこのころ、ロレンスは、盛んに絵を描きはじめた。きっかけになったのは、近くに住んでいたハックスリー夫人、マライアが、自分の家に使われずにしまってあったカンバスを四枚、ロレンスのところへ持ってきたことだった。カンバスを見て、それまで長い間眠っていたロレンスの絵心が急に眼をさました。憑かれたように絵を描きはじめた。「レダ」、「サビニ女性の略奪」、「アマゾンとの戦い」など、伝説に材を取りながらも、男女の肉体の神秘的な魅力が主題になっている。ロレンスは、このときはじめて絵筆を取ったわけではない。少年のころ、専門家からレッスンを受けたこともあるほど、絵を描くことに関心を持っていた。『息子と恋人』のなかの主人公ポール＝モレルが絵の勉強をしているのは偶然ではない。はじめは、雑誌の挿絵や名画の模写をし、静物や風景を描いていたが、一九一五年ごろで一旦絵筆をおき、ほとんど描いていなかった。今度は、画題も、前とはまったく違うものであった。二八年まで続き、一九二九年には個展をひらくことになる。

フリーダも絵筆を取った。その一枚は、タオスのカイオワ牧場を背景に、にわとりを描いたものである。フリーダの娘で、絵の修業をしていたバーバラが、この絵を、イギリスの自宅に持っていき、だんろの上の飾り棚においたところ、父ウィークリー（フリーダの先夫）が見て感心し、「面白い絵だ。だれが描いたのか」とバーバラにきいた。さすがに彼女は、本当のことをいえなかったという。

エトルリアの遺跡を訪ねる

一九二七年の三月から四月にかけて、ロレンスはブルースターと、エトルリアの遺跡をまわった。エトルリア人は、イタリアにおいて、ローマ人の先住民族であった。ローマが勢力をましてくるにつれて、力を失い、滅ぼされてしまった。あとに残ったものは城壁や地下の墓のみであった。しかし、この墓はふつうの墓ではなかった。壁面が彩色画で装飾されていた。この壁画は今日まで残っている。ロレンスが、はじめてエトルリア人に関心を持ったのは、一九二〇年のころであった。当時は、エトルリア人の文化に対して関心は向けられていなかった。ローマ人によって滅ぼされた、野蛮な一民族の文化ぐらいの評価しかなかった。たとえてみれば、西欧人からみたインディアンの文化と同じようなものであった。

これに対して、ロレンスは、インディアンの文化の価値を評価したように、エトルリアの文化を高く評価したのである。

エトルリア人は、ローマとフィレンツェとピサがつくる、ほぼ、三角形のなかの地方に住んでいた。現在、ここに多数の遺跡が残っているのであるが、ロレンスが訪れたのは、チェルヴェテリ、タルクィニア、ヴルチ、ヴォルテラで、最初の三ヵ所は、ローマの西北のほど遠くないところにある。最後のヴォルテラは、エトルリアの遺跡のうちでは、一番北の方に位置していて、ピサに近い。ロレンスは、これらを訪れて、かつての都市国家の城門や城壁を見、博物館で、遺物を見、地下の墓において、壁画を見た。この体験が、紀行『エトルリアの遺跡』(一九三二)にまとめられた。

ヨーロッパ文明の源泉はギリシア・ローマ文明である。したがって、それ以外の文明に対しては過小に評価する傾向がヨーロッパ人にはある。エトルリアもそのような眼で見られているとロレン

タルクィニアの墓地への入口

スは考える。なかには、エトルリアの存在さえ認めない学者もいる。たしかにエトルリア人はローマ人の敵であった。したがって、ローマ人側からみれば、エトルリア人は憎むべき邪悪な民族ということになる。大体、立派な学者たちは、ローマ人を高く評価するから、その敵であったものの存在など否定したくなるのは当然である。しかし、ロレンスは、この滅ぼされた民族のなかに、重要な価値観を発見する。エトルリア人は、生命力に溢れていて、生を楽しむすべを知っていた。自分自身、充足した生を送っているものは、他人に干渉し、他人を征服しようなどという気持を起こさないのである。「彼ら(エトルリア人)は、生き生きした、新鮮で、陽気な民族であり、他人の生を支配したいと思うことなしに、自分たちの生を生きたのです。ぼくは、エトルリア人が好きだ。彼らは、自分たちのなかに生命力を持っていたのだ。だから、他人を支配する必要がなかったのだ。」

逆にいえば、ローマ人は、自分たちの生が充実していないから、他民族を征服して、そのことによって自分の存在を証明しないかぎりは不安だったのだ。他人を攻撃することは自分の内部が空虚だからだ。征服するとは一体何であるか。征服したとしても、相手より自分が偉いということにはならない。人間はサヨナキウグイスを殺すことができるとしても、その鳥以上に美しくさえずることができることを意味していない、とロレンスはいっている。ローマ帝国は滅びた。現在のイタリア人は、ローマ人よりも、エトルリア人の子孫である。

『チャタレー夫人の恋人』の出版

一九二八年一月、『チャタレー夫人の恋人』の最終稿が完成した。すでに述べたように、初稿は、一九二六年に書きはじめられた。これは、その年の末ごろには書きおえた。分量としては十分ひとつの小説にはなるし、内容的にもまとまってはいるが、しかし、中断されて完成はされなかった。自分の抱懐していた「やさしさ」が十分表現されないように思えたので、初稿はそのままにして、第二稿を新たに書きはじめた。これも、内容、分量とも一冊の長編小説にはなるのだが完成はされなかった。なお内容に不満だったのである。また新しく第三稿を書きはじめ、完成させた。ここには、自分の抱いていたヴィジョンが表現されていると思えた。

タイプ清書は、ロンドンでキャサリン=カーズウェルが、スイスでハックスリー夫人、マライアがしてくれた。問題は出版であった。『虹』が発売禁止になったことでわかるように、性を扱ったこの小説がイギリスでは発売できないのは明らかであったので、引き受ける出版社がなかった。仕方なく、フィレンツェの書店オリオリから私家版として出版した。予約販売制をとった。反響は大きかった。ロレンスの許可を得ていない海賊版も出まわった。しかし、どうやら、ロレンスの意図とは違って、春本としての興味から読まれているようであった。

『チャタレー夫人の恋人』の舞台は、イングランド中部地方の村にあるラグビー邸である。ここに住む従男爵、クリフォード＝チャタレーは、近くの炭坑の所有者である。第一次大戦に召集されたが、一旦、休暇で帰国したときコンスタンス（コニー）と結婚した。一ヵ月の新婚生活のあと、また戦線へ出ていったが負傷し、下半身不随になり、性的能力がなくなった。妻のコンスタンスは、著名な画家の娘で、自由な少女時代を送った。彼女は、下半身不随の夫との生活にわびしさを感じて、夫の友人と情事を持った。しかしそれは何ら慰めにならなかった。

邸宅内での孤独な生活に堪えかねて、コンスタンスは森に散歩に出かけた。その森はラグビー邸に付属しているものであった。そこの小屋に、メラーズという森番が住んでいるのを知った。ある日、用事があって森に行ったとき、メラーズが上半身裸かになって体を洗っているのを見た。このようにして体を洗うのは労働者にとってふつうのことであったが、コンスタンスは、その裸身を見たとき美しさに打たれた。メラーズは孤独な感じではあったが、暖かさがあり、彼女は惹かれるのを感じた。メラーズは森のなかで、きじのひな鳥を育てていた。ある夕方、コンスタンスは、ひな鳥を見に出かけた。一羽を手にのせて見ているうちに、突然、自分の生活のわびしさを強く感じて涙を流した。それを見て、メラーズは、急に、彼女に愛情を感じた。こうして、二人は、小屋のなかで肉体交渉を持った。

やがて、コンスタンスは妊娠した。メラーズの子であることを隠すために、彼女はヴェネツィアに出かけ、そこで情事を持ったことにしようとした。後継ぎをほしがっていたクリフォードは、妻が他の男の子を宿したことを気にせず、離婚しようとしなかった。コンスタンスが、相手は、身分のある男ではなくて、下の階級の森番であることを伝えるにおよんで、遂に彼女を離婚することを決意した、コンスタンスとメラーズはラグビー邸を離れた。離婚手続の終わるのを待って、二人は結婚することになった。

この作品において、ロレンスは、イギリス小説における性のタブーを破った。『虹』や『恋する女たち』にも性への言及は見られるのだが、この作品ほど大胆ではなかった。従来、小説において、性はタブーであり、言及したり描写したりすることはほとんどなかった。もし言及することがあっても、冗談めかしたり、あるいは、それとなくほのめかすというようなやり方であった。ところが、この作品では、そのようなタブーをかなぐり捨てたのである。また、ふつうは避けられている性に関する言葉も使用している。その点で画期的な小説であった。ロレンスの考えは、性をタブーとすることによって、かえって、性を、汚れた、卑わいな眼で見ることになるというのである。しかし、その意図は正しく理解はされなかった。

十月、『ジョン・ブル』紙は「有名作家の恥ずべき著書」として、この小説に対する批判を掲載した。「フランスのポルノの下水溝をさらっても、獣性においてこの作品に匹敵するものはあるまい。パリの裏通りにたむろしている、きたならしい精神の倒錯者の作品も、これと比較すれば上品である。」色眼鏡をかけて見れば、何でも色がついて見えるように、単にポルノとして見れば、けがらわしい小説としか見えないのである。ロレンスの意図は、まさしく「ポルノ」を批判することであったのに、全然理解されなかった。イギリスでは、完全な版は発売できず、削除版が、一九六〇年に至るまで販売されていた。

『三色すみれ』が差し押えられる

一九二八年末、南フランスのバンドルで書いた詩集、『三色すみれ』の原稿をロンドンの出版社に送ったところ、内務省に押収されてしまった。まず、郵便局が、不穏当な外国郵便物として差し押え、内務省に渡した。ロレンスは、『チャタレー夫人の恋人』の著者として要注意人物とみなされていたのである。原稿の押収について、下院で取り上げられ質疑が行われた。主に、労働党の議員が法務大臣に押収の根拠は何であるか、また、このことは文学作品の検閲なのかと質問した。法務大臣は、郵便局のチェックは、不穏当な外国郵便物を規制する法律によるものであり、また、内務省が押収したのは、「わいせつ出版物取締法」に基づくものであると答えた。また、このことは文学作品の検閲ということではなくて、ただ、わいせつ出版物だから取締ったのだと答えている。下院での質疑にもかかわらず、わいせつ出版物という烙印は消えず、完全な版を出せず、約百三十編の詩のうち、十四編をカットした削除版を、七月に、マーチン＝セッカー社から出した。

題名の「三色すみれ」は英語では「パンジー」であるが、「パンジー」はフランス語の「パンセ」(思想) にかけている。すなわち、この詩集によって、当時の自分の思想を表明したかったのである。また、「パンジー」の語源には「傷の手当てをする、癒す」という意味もあるという。この意味では、この詩集は、精神の病いにかかっている現代人を癒す働きもするという。「パンジー」という題名にした、もうひとつの理由は、その象徴性である。「三色すみれ」は、もちろん、美しい花が咲く草である。ここで注意しなければならないのは、草は、花だけではなくて、根も持っていることである。造花は花だけであって根はない。花は美しいが、根はきたないと思われて、造花の場合はつけられない。ところが、実際の生きた草花には根がある。このことは平凡なことではあるが、忘れられている。現代人は造花を求めているのだ。しかし、真の生は、三色すみれのように根を持っている。

この詩集の執筆時期は、『チャタレー夫人の恋人』の出版の直後なので、この作品に対する弁護を述べている詩が見られる。たとえば「性は罪ではない」がそうである。

性は罪ではない、ちがう！　性は罪ではない、
汚れてもいない、汚れた精神がでしゃばって来るまでは。

性それ自体はきれいなものである。それをよごしてしまうのは、観念作用なのである。ロレンスは、次のような例を出している。オーストラリアの原住民は、カンガルーにさわると死ぬと信じていたという。実際はそんなことはないのであるが、何かの理由でそういう観念ができあがったのであろう。もしかしたら、カンガルーに触れた人が偶然死んだことがあったのかもしれない。何かの理由からそういう観念がつくられ、それがずっと続いているのである。性の場合は、たとえば、性をめぐる犯罪があって、その犯罪の原因が性にあるとされ、性は罪であるとされたのかもしれない。性それ自体は、三色すみれの根のようなものであり、それなくしては生命はないものである。

性はもてあそんではならぬものである。性は君なのだ。
それは君の生命の流れであり、流動する自己であり、君の義務は
性の本質に、その沈黙に、その感じ易い誇りに忠実であることだ、
それから性は始まるからであり、それに従わなければならぬ。

「生命の流れ」である性を、観念は邪魔してはならぬのである。

絵画が押収される

一九二六年から二八年まで、絵を描き続けていたことはすでに述べた通りであるが、二九年六月十四日から、ロンドンのウォレン画廊で展示会が開かれた。画廊の所有者、ドロシー＝ウォレンは、ロレンスの古い知り合いだった。オトリーン＝モレルの姪であり、一九一五年に、ガーシントン・マナーでロレンスに会っている。一九二七年春、ロンドンに画廊を開いた。ヘンリー＝ムアを発見して世に出したのは彼女であった。フリーダの娘バーバラを通して、ロレンスの絵を知り、この展示を計画した。この時点で、『チャタレー夫人の恋人』に対する批判が高まっていたので、問題が起こるのではとあやぶむ声もあったが、ドロシーは、あえて展示に踏み切った。

フリーダだけがロンドンへ行った。絵の展示を見ると同時に、子供たちに会うためであった。展示会は大成功で、七月五日までに、一万二千人の入場者があった。ところが、今度は、美術批評家たちが、わいせつだと騒ぎはじめた。その結果、二人の刑事が会場に来て、二十五点のうち、十三点の絵を押収し、同時に、その絵を複製した画集も押収した。刑事は、同時に展示されていたブレイクの絵も押収しようとしたが、もう百年前に死んだ画家だということを知らされて取り止めた。

この押収の根拠になったのは、『虹』を発売禁止にしたり、『三色すみれ』を押収した、「わいせつ出版物取締法」であった。どうしてわいせつかといえば、ロレンスの言葉を借りれば、「いちじくの葉があるべき場所にいちじくの葉が描いてなかった」からである。押収された絵には次のようなものがある。「農夫」は、座っている農夫の全裸像である。「ヴェランダの家族」は、夫と妻と二人の子供の全裸像である。とくに、横たわっている妻の姿が問題になったのであろう。「春」は、全裸の六人の少年が屋外で、春の日の光とたわむれながら立ったり、抱きあったりしている姿である。「レダ」は、ギリシア神話に材を取ったもので、白鳥に姿を変えたゼウスがレダに言い寄る姿を描いている。レダは全裸で横たわっている。「アマゾンとの戦い」は、アマゾンの女族のようにたくましい金髪の女性が全裸で立っている。全裸の男性が彼女に組みついている。そばで数匹の狼が牙をむき出してその女性に向ってうなっている。

アマゾンとの戦い

『デイリー・テレグラフ』紙は、「恥ずべき展示会」という見出しで非難の文章を載せている。「あのように粗野でわいせつな性質の絵の公開展示を当局が許可していることに驚かざるを得ない。このような画題が何であれ、芸術上の理由で許されるなどと主張することは、まったく馬鹿馬鹿しい話である。」一時は、押収した絵を焼却するという噂も流れたが、裁判の結果、以後、展示しないという条件で返却された。裁判所には、オトリーン＝モレルも、ドロシー＝ウォレンに同行した。

死

一九二九年九月、バンドルに戻ったころから、ロレンスの病状は悪化した。一日中ベッドに横になって、窓から海を眺めているだけという日が続いた。心配した友人たちの尽力で、イギリスから来た医師が診察したが、肺結核という診断であった。十年、あるいは、十五年前からこの病気に侵されているということであった。(ロレンスは、自分が肺結核であることを認めていなかった。) 一日のうちで一番悪い時期は、夜明け前であった。咳が出てとまらなかった。夜が明けきると、もう一日与えられたような気持になり元気を取りもどした。

医師は、海岸は病気によくないので、高地か乾燥しているところに転地するようにすすめた。ロレンスは、もう一度、ニューメキシコに行きたいと思った。しかし、この病状では、入国を許可されないかも知れぬという恐れがあったし、また、アメリカまでの旅行では、体力が続くかという懸念もあった。医師は、バンドルからそれほど遠くないヴァンスのサナトリウムに入ることをすすめた。ヴァンスは、南仏海岸の町カンヌから、四キロほど山をのぼった所にある町である。

一九三〇年二月のはじめに、ヴァンスのサナトリウム、アド＝アストラに入った。フリーダは昼間はそばに付きそい、夜は近くのホテルに泊っていた。そばにいてほしいというロレンスの願いで、夜、そばのベッドで過ごしたこともあった。そのうち、このサナトリウムがいやになり、ふつうの

バンドルの地中海

民家に移りたいというので、それほど遠くないロベールモン荘に三月一日に移った。翌二日、病状は急変し、その晩、なくなった。最後の日のことを、フリーダは、回想記のなかで次のように述べている。

「ぼくのそばを離れないでくれ」とロレンスはいいました。「離れないでくれ。」私はベッドのそばに座って読書しました。ロレンスはコロンブスの伝記を読んでいました。昼食後、ひどく苦しみはじめ、お茶の時間のころ、こういいました。「体温を測ってみよう。意識がもうろうとしているんだ。体温計をかしてくれ。」苦痛にゆがんだ顔を見て、私ははじめて泣きました。「泣くんじゃない」と怒った、強圧的な声でいわれて、私は泣くのをやめました。ロレンスは、来合わせていたオルダス゠ハックスリー夫妻を呼びました。はじめて、ロレンスは、苦痛のあまり、夫妻に向って悲鳴をあげました。「モルヒネを打ってもらわなければ」と夫は私と娘(バーバラ)にいいました。オールダスは、注射を頼むため医者をさがしに出かけました。そのあと、夫はこういったのです。「ぼくをつかんでいてくれ、つかんでいてくれ。自分がどこにいるのかわからない。ぼくの手がどこにあるのかわからない……。ぼくはどこにいるんだ。」

夜の十時ごろ、急に呼吸が乱れて、息絶えた。享年四十四歳。

三月四日に、ロレンスの遺体は、ヴァンスの共同墓地に、フリーダの言葉を借りれば、「鳥」のように埋葬された。それを見守ったのは、フリーダとその次女バーバラ、ハックスリー夫妻と、その他少数の友人たちであった。棺の上からは、ミモザの花が投げ入れられた。葬式のあと、フリーダは、訪ねてきたマリと関係を持った。ロレンスの生前から、彼女はマリを誘っていたが、彼は友人に対する遠慮から拒み続けてきた。また、フリーダは、すでに関係のあった、アンジェロ＝ラヴァーリと、ニューメキシコで同棲生活をしたいと思った。しかし、ラヴァーリは結婚しており、三人の子供がいた。また、軍務についていたから勝手にニューメキシコへ行くことはできなかった。フリーダの強い願いで、半年間、軍隊から休暇をもらい、アメリカに渡った。ラヴァーリの妻は、離婚せず、これを黙認した。ラヴァーリは、半年いるうちにこの地が気に入り、軍隊をやめて、同棲生活を続けた。第二次大戦が始まったとき、二人の身許、関係について照会があった。かつてスパイ容疑などの苦い経験のあるフリーダは正式に結婚することにした。アメリカの裁判所で、ラヴァーリを離婚させ、一九五〇年に正式に結婚した。しかし、フリーダがなくなると、ラヴァーリは、イタリアの妻のもとに帰って行った。

一九三五年、フリーダはロレンスの墓をアメリカへ移した。ラヴァーリがヴァンスへ行ってロレンスの遺体を掘り起こした。三月十三日、マルセーユで火葬にしてから遺骨をニューメキシコへ持ちかえった。フリーダは、記念堂をつくり遺骨を収めた。当時、メイベルとの仲が悪く、メイベルが遺骨を奪うという噂があったため、遺骨のまわりをコンクリートで固めた。フリーダは一九五六年になくなり、記念堂の前に埋葬されている。彼女の最初の夫、アーネスト＝ウィークリーは、ノッティンガム大学に四十年勤務し、定年退職後も健康に恵まれ、九十歳に近い天寿をまっとうして一九五四年になくなった。ロレンスの死後、ウィークリーは、フリーダにもう一度結婚してくれと頼んだという。なくなったとき、机の引き出しのなかにフリーダの写真が数葉入っているのが見つかった。結婚当時とったものである。

ジェシー＝チェンバーズは、ロレンスと別れたあと結婚したが、一九四四年になくなった。ジェシーは、ロレンスに裏切られたと感じていたが、ロレンスの死期が近づいたころ、また、昔の気持を思い出して、

ヴァンスの共同墓地

(上)　ロレンスの墓(タオス)　左手前，十字架の見える所は，フリーダの墓
(右上)　フリーダの墓
(右下)　ロレンスの墓の内部

一種のテレパシーによって、彼と語った。なくなった三月二日の朝に、ロレンスが「苦痛だけでなく喜びを憶えていないのか」と詰問するようにいったので、喜びも記憶していると答えると、「それは何についてなのか」ときいた。翌日には、彼女の部屋に少年の日の服装でロレンスが姿を現わした。笑顔であったので再会できるのではないかと思ったが、翌日、新聞で死亡を知った。

ルイ＝バロウズは、ロレンスと縁が切れたあと独身で教職についていた。ロレンスの死後、ヴァンスの墓を二度訪れている。そこで彼女を見たハーバート＝リードは、「ルイは疑いなくロレンスに対する愛と献身を一度も捨てなかった。彼女は元気のない暗い感じの女性であった。ロレンスにひどくあしらわれたと感じているのだと思う」、と述べている。退職して一年後の一九四〇年、フレデリック＝ヒースと結婚した。一九六二年になくなった。婚約時代にロレンスからもらった約百七十通の書簡を大切に保存しており、死ぬまでだれにもそれを見せなかった。

II　D・H・ロレンスの思想

一　生命主義

生命はあらゆる生物に存在する　ロレンスの思想は、一言でいえば、生命主義である。ロレンスのいう「生命」とは何か、そして、「生命」を核心とする思想とはいかなるものか考えてみよう。あらゆる生物には生命がある。逆にいえば、生命があるものを生物とよんでいる。生物は誕生し、成長し、繁殖し、死んでいく。死ぬまでの活動を支えている力が生命、あるいは、生命力である。動物にも植物にもこの生命の力がそなわっている。春になると草が萌え、それまで枯れたように見えた木の枝からも緑の若芽が出てくる。この世は生命で溢れている。これが一番根本的な事実であって、あらゆる思想はここから出発しなければならない。

ロレンスは、次のような例をあげている。畑にケシの花が咲いている。深紅の色が美しい。これはケシの生命の表現である。しかし、ケシの花に対する人々の反応はさまざまである。ケシの花には毒があるという考えや、深紅の花は虚栄の象徴だから好きではないという考えもある。人間は自分中心に考えるから、植物や動物など他の生物を、有益だとか有害だとか、自分の基準で考える。しかし、それは正しいとはいえない。「生命」はあらゆる生物に存在するのであって、人間が独占しているわけではない。ケシの花は毒だというのは人間の判断にすぎない。人間に固有の生命があるように、ケシにも、固有の生命がある。人間は、ケシの固有の生命を認めなければならない。

また、ロレンスは、生命とは過剰なものであるといっている。工業製品は、計画に従って一定量しか生産されない。過剰になれば、生産を停止して、調整をはかる。しかし、生命それ自体は、ある計画に従っているわけではない。一定の容れ物にぴたりと入るようにつくられているわけではない。一定の容れ物に収めようとすれば、常に溢れたりはみ出してしまうものである。たとえば、雑草は、生えてほしくなくても生える。草は一定の生えてほしい場所にだけ生えるということはない。人間の邪魔になろうが茂る。あるいは、泉の水にもたとえられる。人間が使うのに便利なように、ある一定の期間、一定の水量だけ湧き出せばよいのだが、そうはならない。人間が使わなくても溢れて流れさるだけである。過剰というのは人間の基準からつくられた観念であって、生命の動きは、そのような基準を超える。この生命の本質を十分洞察しなければならぬ。

唯一の悪は生命の否定である

人間の社会には悲劇的なことが起こる。大規模な戦争から個人の死に至るまで、さまざまな悲惨な事件や、争いが繰り返される。人間界の悲劇に対して、植物や動物はどう関わっているのであろうか。人間には何が起ころうと、春になると大地からは草の芽が出て、木は花や葉をつける。そして、秋になると、実をつける。鳥は、春になるとつがい、卵を産み、卵をかえしていく。人間界の事件とはまったく関係なしに、植物界、動物界の生の営みは続けられていく。「国破れて山河あり。城春にして草青みたり。」という言葉通り、国が戦争に破れたからといって、草が生えなくなってしまうということはないのである。春になると、戦争に勝った時と同じように、草は伸び茂るのである。自然界の大きな営みのなかにあっては、人間界の事件はまことに些細なことである。

サヨナキウグイスはローマ帝国が建設される前から鳴いており、ローマ帝国が滅亡したあとも鳴いているとロレンスは述べているが、永遠に続くものは生命なのである。この生命を重視しなければならない。ふり返ってみると、人間自身も、植物や動物と同じように、生命を与えられているのである。この生命の力を抑圧することなく十二分に発揮して生きることが、人間のすべきことであるとロレンスは考える。「唯一の悪は、生命の否定である」というのは、こういう意味である。ところが、現実には、生命を否定するものが、人間の社会には多く存在するとロレンスは考える。「生命を否定するもの」の存在に気が付けば、それを取りのぞく道は開けるのだが、一番問題なのは、その存在に気が付かぬことである。現代社会において、一体、それは何であるのか、ロレンスは鋭く指摘する。

ロレンスは、たとえば、それは道徳であり、制度であり、あるいは法律であるとする。考えてみれば、これらは、よりよい生活をするため、人間がつくってきたものである。したがって、道徳、制度、法律を批判することは、それらをつくった文明も批判することになる。文明は、人類のすばらしい財産であるとだれしも考える。ロレンスは、それを認めていないわけではないが、文明のなかに、これまで述べた「生命を否定する」要素があることを指摘するのである。ロレンスは、現代文明を反省してみなければならぬという。その本質は一体何なのか。ロレンスの頭にある現代文明は、主にヨーロッパ文明であるが、それが世界に広がっている現状では、ロレンスの指摘している問題は、われわれ日本人にも、当てはまることはいうまでもない。

二 キリスト教批判

清教主義批判

ロレンスは生命主義の立場から、現代ヨーロッパ文明を批判する。ロレンスが対決したヨーロッパ文明は、キリスト教道徳、産業中心主義、階級制度、人間中心主義などであった。これらが種々の形をとりながら人間を抑圧していると考えた。これらの束縛を取りさり、生命体としての個人が十全に生きることが、ロレンスが理想とするものであった。

このなかでも、キリスト教との対決は根本的なものであった。なぜならば、キリスト教は、一番深くロレンスの精神に影響を与えていたからである。母は熱心なキリスト教徒であり、その訓育を受けた。教会や日曜学校に通い、説教をきき、賛美歌をうたった。子供のころうたった賛美歌は、心に深く刻みこまれていると後年回想している。十六歳ごろ、キリスト教に懐疑的になるのであるが、感受性の柔かな子供のとき接したキリスト教が、精神に深い影響を与えたことはいうまでもないことである。

ロレンスの母親は、清教徒の一派の組合教会派に属する。組合教会派は、清教徒のうちでも一番古く、十六世紀の後半にさかのぼる。ルターの宗教改革にややおくれて、イギリスでも、一種の宗教改革が行われた。ヘンリー八世は、自分の離婚を認めないローマ法王と絶縁することによって、宗教改革を行い、イギリス独自の英国国教会をつくった。この教会は、形は新教ではあるが、内実は、旧教に近いものであり、儀式を重んじた。これに対して、清教徒は、聖書を唯一の権威として、教会から世俗的儀式を排除し、「浄化」しようとした。

十七世紀中頃の、いわゆる清教徒革命において、清教徒は、クロムウェルの指揮のもとにチャールズ一世の軍隊と戦い、これを破り、革命を成功させた。ロレンスの母親の実家、ビアズオール家の先祖は、その革命軍に参加して戦った。それ以来、ビアズオール家には清教徒の血が流れ、ロレンスの母に至っている。

清教徒は、快楽をしりぞけ、禁欲的で勤勉な生活をモットーとした。快楽にふけることは悪魔の誘惑にのることであった。清教徒が英国の政権を握っていた一六四二年から六〇年まで、ロンドンの劇場は閉鎖され、ロンドン子は好きな芝居見物ができなくなった。そのほか、競馬、闘鶏、賭博などの娯楽の類は禁止された。売春宿も禁止になった。性的放縦は、清教徒のもっとも恐れるものであった。また、安息日は厳格に守った。日曜日に商品を売買したり、旅行したり、荷物を運搬したり、ダンス場、市場、料理店を開くことを禁止した。日曜日には、教会へ行くか、家庭では、聖書を読んだり、賛美歌をうたう以外のことをしてはならなかった。

このように禁欲的で厳粛な生活態度は、ロレンスの母親に見ることができる。自伝的小説である

『息子と恋人』には、清教徒の母親の姿が描かれている。母親は、モレル夫人として登場している。彼女はお祭りが好きではない。お祭りの好きな子供たちにせがまれ、行くことは行くが、すぐ帰ってしまう。ダンスが好きではなく、息子がダンスパーティに行くことにも不満である。まして、息子がダンスパーティで知り合ったような女性が訪ねてきても追い返してしまう。息子は、仮装舞踏会で着るスコットランド高地人風の衣装を着た姿を見せようとするが、母親は見ようともしない。また、息子の婚約者が肌を露わに見せるような衣服を着ていることに不満である。もちろん、飲酒には反対である。酒好きな夫を、すくなくとも、結婚して半年間は禁酒させている。子供たちを酒を飲まないように育てあげた。

ロレンスは、母親のこのような生き方、考え方によって育てられてきたから、自分では意識せずに清教的な考え方をするようになった。ロレンスは、十八歳の自分を後年回想して、こう述べている。「私たちは、性的能力をそなえたふつうの人間なのである。私たちは、性に対して、説明し難い、悲惨な〈怖れ〉を抱かなければよいと思う。私は、十八歳のとき、朝になると、前の晩の性的な考えや欲望を思い出して、恥ずかしく、また腹立たしくなった。恥ずかしさと腹立たしさのほかに、他人に知られるのではないかという恐怖のため、前の晩の自分自身を憎んだのである。」性に対する怖れと嫌悪感が十八歳のロレンスの内部に深くしみこんでいることが、この言葉からわかる。こういう自分に気が付き、自分のなかにある清教主義に反発し、そこから抜け出そうと試みる。これが、ロレンスの思想を形成していく。

肉体の復権

キリスト教は、人間の霊性のみを重んじ、肉体を軽視してきたとロレンスは考えている。それは、キリスト教の教義の根本である聖書に表われている。新約聖書「ルカ伝」には次のような箇所がある。キリストが群衆に語っているとき、そのなかからひとりの女が現われてキリストに向ってこう叫んだ。「あなたを宿した胎《たい》、あなたが吸われた乳房は、なんとめぐまれていることでしょう。」しかしこれに対して、イエスは、こう答えた。「いや、めぐまれているのは、むしろ、神の言《ことば》を聞いてそれを守る人たちである。」

ここに現われる「女」は、ひとつの解釈では、キリストの母であるとされ、また、イスラエルを指すとも解釈されている。ロレンスは、この「女」は、ふつうの女性であると考える。「女」が、その「胎」や「乳房」が祝福されるべきであるといったのに対して、キリストがその言葉を否定したのは、女性の「肉体」を否定したことを意味しているとロレンスはとる。子供をみごもり、子供を育てるという女性の肉体の働きよりも、神の言葉を聞いてそれに従うという霊的働きをキリストは重視しているのである。

また、「マタイ伝」に言及されている「独身者」（男性の性的能力がないもの）についてロレンスは否定的である。弟子たちは、キリストにいった。「もし妻に対する夫の立場がそうだとすれば、（夫が性的能力がなければ)、結婚しない方がましです。」これに対して、キリストは次のように述べた。「母の胎内から独身者に生まれついているものがあり、また他から独身者にされたものもあり、また天国のために、みずから進んで独身者となったものもある。この言葉を受けられる者は、受けいれるがよい」と。このようにキリストは、「独身者」の立場を肯定している。これに対して、ロレンスは、父なる神は、「独身者」をよごれた者と考えているとする。すなわち、キリストは人間の肉体面を軽視しているとする。ロレンスにとっては、肉体の働きが完全で、結婚して子供を生む男女こそ理想であって祝福されるべきなのである。

このような考えに立って、ロレンスは、「ヨハネ伝」の「言《ことば》」と「肉体」の関係を解釈する。「ヨハネ伝」の冒頭にはこう書かれてある。「初めに言《ことば》があった。言《ことば》は神と共にあった。言《ことば》は神であった。この言《ことば》は初めに神と共にあった。すべてのものは、これによってできた。」そして、「言《ことば》は肉体となり、わたしたちのうちに宿った。」「言《ことば》」は、神の力、知恵、愛を指すものであり、それが肉体となったということは、キリストという肉体としてこの世に現われたということを意味するのだが、これについて、ロレンスは独自な解釈を加えている。「言《ことば》」とは、人間の霊的な面である。これが、肉体になったと「ヨハネ伝」には書かれているのだが、本当は逆なのである。はじめに「肉体」があって、そこから、「言《ことば》」、すなわち、霊性が生まれ出るのだとロレンスは主張している。「言《ことば》」が「肉体」になったと述べているところに、キリスト教における肉体軽視があるとする。このように不当におとしめられている肉体を復権させることがロレンスの人生と文学の主題となる。肉体を重視するというと、官能主義を連想しがちであるが、ロレンスにおいては、それを意味していない。肉欲にふけることは、肉体蔑視の裏返しにすぎないとする。やはり、その背後には、キリスト教の肉体軽視があるとする。

キリストの肉体への復活

新約聖書「ルカ伝」には、キリストが処刑後に復活したことが次のように書かれている。キリストが十字架上で死んでから三日後、母のマリアやマグダラのマリアが、キリストの葬られている墓に行ってみると、墓をふさいでいた石がとりのけられていた。女たちがなかに入ってみると、キリストの遺体がまとっていた衣服はあったけれども、遺体はなかった。驚いている女たちのところに天使が現われて、キリストはよみがえったと告げた。その後、キリスト自身も弟子たちの前に姿を現わして、自分はよみがえったといった。そして、弟子たちに、自分の手と足を証拠として見せた。また、食事さえとり、それから、弟子たちのもとを離れて天に昇った。

このキリストの復活を主題として、ロレンスは、ひとつの短編を書いた。「死んだ男」がそれである。この物語の主人公の名前は示されていない。ただ「死んだ男」となっている。しかし、新約聖書を少しでも読んだことがある者ならば、「死んだ男」はキリストを指すことがはっきりとわかる。

すでに述べたように、キリストは十字架上で死んでから三日後によみがえって天に昇ったとされているが、この物語は、そのキリストの復活をあつかっている。ここで、ロレンスは、その復活の意味を独自に解釈したのである。

舞台はエルサレムの町の近くである。ある朝、ひとりの男が墓のなかで目を覚ます。この男は、処刑されたあと、墓におさめられたキリストである。この「死んだ男」は、今、よみがえった。彼は、墓から出て、傷ついた足を引きずりながら村をあるき出す。ひとりの農夫に会い、その家で食物をもらい、かくまってもらう。農夫は、この男がキリストであることを知る。「死んだ男」は、墓を見に来たマドレーヌ(マグダラのマリアにあたる)に会い、復活後の生活のことを話す。これまでは救世主として、人々に教えを説いてきた。そのような生活は、処刑とともに終った。これからは、それまで否定してきた肉体に生きるのだ。これまでは、女性と接することを避けてきたが、これは、形を変えた貪欲な行為である。もっと自然に生きるのだ。キリストも、ほかの男たちと同じだったのかと失望するマリアをあとにして、「死んだ男」は旅に出る。

舞台は変って、近くの海辺にある、エジプトの女神、イシスの神殿に、イシスに仕える巫女が住んでいた。彼女は、二十七歳で、かつてはローマにいたこともあり、将軍アントニーとも知り合いであった。彼は、この女性に心を寄せたが、彼女は、アントニーのような我の強い男は好きになれなかった。彼女は、イシスが、殺されて切り裂かれた夫、オシリスの遺体をさがし求めるように、自分にふさわしい男性が来るのを待っていた。そこに現われたのが「死んだ男」である。この見知らぬ旅人を見たとき、イシスの巫女は、オシリスに似ていると思い、惹かれる。「死んだ男」も、彼女に惹かれて、イシスの神殿のなかで二人は契りを結ぶ。よみがえった「死んだ男」が願っていたことは叶えられた。そのような生活を続けているうちに、イシスの巫女は妊娠する。「死んだ男」は満足するが、ここでの生活を続けることができなくなる。逃亡した罪人、「死んだ男」を捕えようと、ローマの官憲が追ってきたからである。彼は、ひとりで、ボートを漕いで、岸を離れる。

以上が短編「死んだ男」の内容である。キリストが処刑されて墓に収められてからよみがえったということは、新約聖書に書いてあるから、新しいことではないが、よみがえったキリストが、生前の霊的な生活を否定して、肉体重視の生活をはじめるところに、ロレンスの独自の見解が示されている。すなわち、ロレンスは、「ルカ伝」にあったように、肉体よりも神の言葉を重視するキリストではなくて、肉体を持ち、肉体の欲望に従うキリストの像を描きたかったのである。

もし、たんに肉体の復権ということだけを表現したいのであれば、何もキリストを持ち出す必要はなかった。キリストとその復活に言及しているということは、結局、ロレンスは、キリスト教の枠から外へ出ることができなかったということである。言葉を換えれば、キリスト教を批判はするにしろ、無関心になることはできなかった。あくまでも、キリスト教を修正する形で新しいヴィジョンをつかみたかった。肉体に復活したキリストは、キリスト教からいえば正統な解釈ではないのであるが、ロレンスにとってみれば、キリスト教を新しく解釈し、新しい生命を注ぎ込みたかったのである。十六歳ごろキリスト教の正統な信仰からは離れていくものの、まったくキリスト教から離れてしまったわけではない。

「死んだ男」において注目しなければならないことは、異教に対する関心を見せているということである。すなわち、古代エジプト人の信仰の対象であったオシリス、イシスに言及していることである。そして、「死んだ男」が契りを結ぶのは、イシスの女神の神殿に仕える女性である。「死んだ男」の相手は、ふつうの女性でもよかった。あえて、エジプトの神を登場させたところに、ロレンスの異教への関心を明確に読みとることができる。ロレンスは、キリストを肉体に復活させる一方では、キリスト教以外の、肉体を重視する宗教を求めている。エジプトの宗教もそのひとつであった。切りさいなまれて、ばらばらになってしまったオシリスの遺体は、のちには集められ、つなぎ合わされて、復活したという。ロレンスは、キリスト教とは別の、肉体の生命を重視する宗教のあることを知る。このようにして、キリスト教中心の考え方を批判する。

「ヨハネ黙示録」の新解釈

これまで、新約聖書に対するロレンスの批判と独自の解釈を見てきたが、さらに、「ヨハネ黙示録」に対するロレンスの見方を考えてみよう。「ヨハネ黙示録」は、現在は、新約聖書の一番最後に入っているが、古来問題の多い著作であった。おそらく、キリ

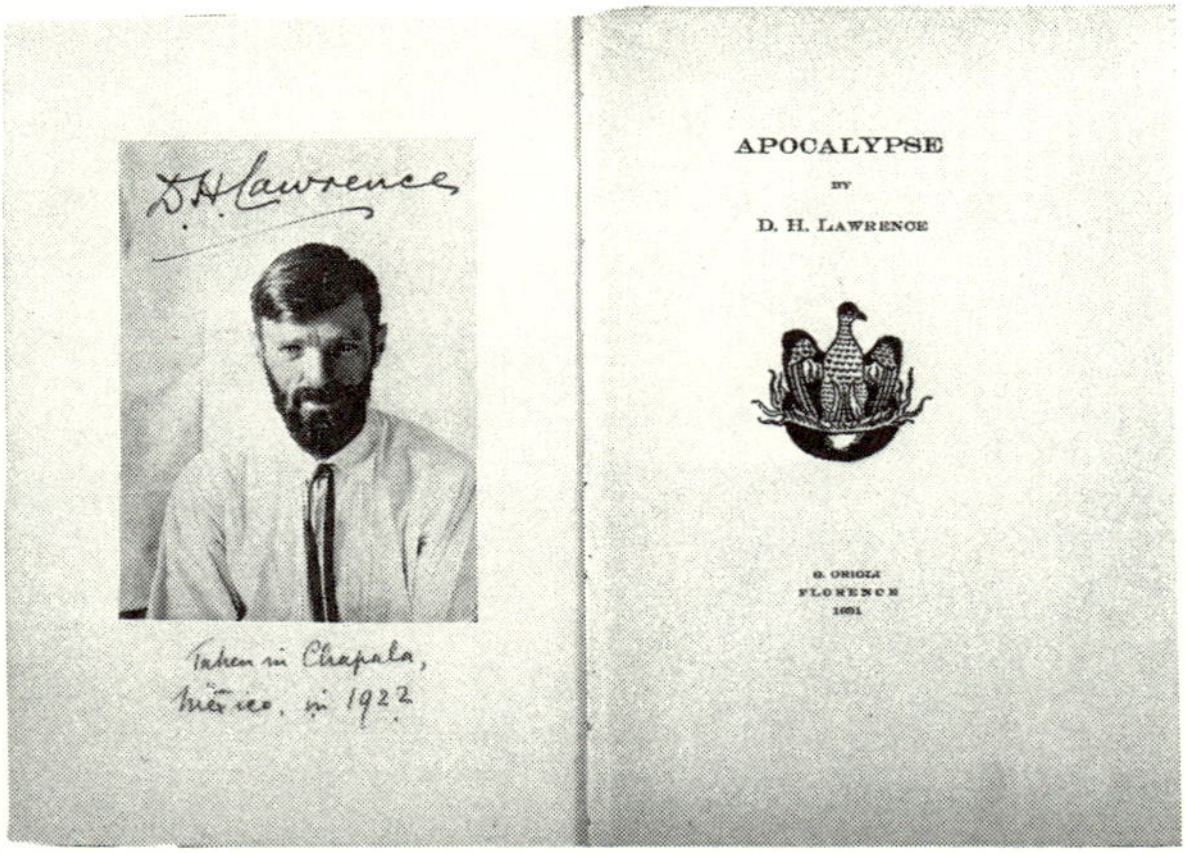

『アポカリプス』(初版)

スト教以前からあった古代信仰の著作であろうと考えられている。それが、キリスト教神学者によって手を加えられ、キリスト教の教義に合うように書き直されたのであろうとされている。書き直しはされているが疑問点も多いこの著作についてロレンスは独自の解釈を示している。

まず、「ヨハネ黙示録」の内容を簡単にまとめてみよう。まずはじめに、造物主、救世主としての神が示される。エルサレムに神の子、イエス＝キリストが生まれる。生まれた子は、竜に襲われるが、天使によって助けられる。ローマ皇帝は、キリスト教徒を迫害するが、神の怒りを受けて、帝国は没落する。キリストが再臨して、この世を統治して、至福千年の時代がやってくる。そのあとに最後の審判の日がやってくる。

このように解釈すれば、キリスト教の教義と一致しており、何ら問題はない。しかし、ロレンスは、このようなキリスト教的解釈は、原典を歪曲したものであると考えている。キリスト教に合わせるように解釈し、書き直してしまったため、原典が示している深い真理が失われてしまったとする。したがって、ロレンスの仕事は、キリスト教的ゆがみを訂正し、もとの真理を明らかにすることである。

まず、第一章に次のような描写がある。「それらの燭台の間に、足までたれた上着を着、胸に金の帯をしめている人の子のような者がいた。そのかしらと髪の毛とは、雪のように白い羊毛に似て真白であり、目は燃える炎のようであった。その足は、炉で精練されて光り輝くしんちゅうのようであり、声は大水のとどろきのようであった。」この人物を、ロレンスは、イエス＝キリストと考える。しかし、新約聖書の福音書に登場するイエスとは違った姿である。福音書では、イエスは、へりくだった性格で、苦悩に満ちた人間として現われる。しかし、この「黙示録」におけるイエス像は違う。力強く、誇りに満ちている。それは、「燃える炎」のような目とか、「大水のとどろきのような」声によって示されている。ロレンスは、この力強く、誇りに満ちたイエス像こそ本当のイエスの姿なのだと主張する。イエスは、愛や道徳を説く者ではなくて、人間の持っている生命力を示す者であるとする。道徳を説くのではなくて、生命力を示す者としてのイエス像が、キリスト教とは違った、ロレンス独自の解釈である。

また、第十二章に現われる竜についても新しい解釈をしている。まず、ひとりの女が現われる。彼女は子を産もうとしている。「ひとりの女が太陽を着て、足の下に月を踏み、その頭に十二の星の冠をかぶっていた。この女は子を宿しており、産みの苦しみと悩みとのために、泣き叫んでいた。」

この女は「イスラエルの民」であり、生まれる子はキリストと考えられている。他方、赤い竜が現われる。「竜は子を産もうとしている女の前に立ち、生まれたなら、その子を食い尽そうとかまえていた。」この竜は、生まれる子キリストを食おうとしているのであるから、当然邪悪な存在であると考えられる。しかし、ロレンスは、この見方を批判する。竜は邪悪なものではない。竜は、元来は、生命の象徴であった。たとえば、中国における竜信仰にも見られるように古代宗教においては竜は信仰の対象であった。

紀元前三千年につくられたバビロニアの星座では、竜座があり、それは、天の中央を占める重要なものであった。「ヨハネ黙示録」に竜の尾は「天の星の三分の一を掃き寄せ、それらを地に投げ落した」という記述があるが、これは、竜座が天の三分の一を占めていたことを示すものである。それほど竜は重んじられていたのである。竜は生命の象徴である。なぜならば、それは動きが活発で力強いからである。「ヨハネ黙示録」のなかでは「赤い竜」とあり、色は赤色であるが、元来は、竜は光り輝く黄金色であったろうとロレンスは想像している。黄金色に輝き天空狭しと駆けめぐっている生き生きした竜の姿が、古代人の想像したもので、それが生命力の象徴であった。

「ヨハネ黙示録」は生命信仰の書

ではどうして、「ヨハネ黙示録」においては竜は邪悪なものになってしまったのであろうか。それは、キリスト教神学者が原典を歪曲してしまったからである。「ヨハネ黙示録」は、元来は、古代信仰の書であった。竜も、そのなかにおいて生命力の象徴として重視されていた。ところが、道徳を重んじ、生命力を否定するキリスト教徒は、原典を書き直し、生命力の象徴である竜を、邪悪なものにしてしまったのである。この結果、竜は悪の象徴となった。たとえば、キリスト教を迫害したローマ帝国は、竜にたとえられる。また、イングランドの守護聖人、聖ジョージの竜退治の話に見られるように、竜は悪の権化として退治されるべきものとなったのである。生命力の象徴であった竜を、悪の象徴に書きかえる過程こそ、キリスト教のゆがみを示すものであるとロレンスは考える。この一事からもわかるように、キリスト教は、その道徳を基準にして、生を解釈し、ねじ曲げているのである。

また、第十七章に現われる「紫と赤の衣をまとっている」女性を新しく解釈する。この女性は「大淫婦」と呼ばれているところからもわかるように、地の王たちと姦淫を行っている邪悪な女性である。この女性は、堕落した都市バビロンを指すと考えられている。たしかに「黙示録」ではそう書かれているのであるが、ロレンスは、これも、歪曲の例であると考えている。この女性は、実は、古代信仰において、穀物の収穫をつかさどる神、大地母神であるとする。生命の源であるから、当然、崇拝されていた。ところが、キリスト教神学者によって、人間を堕落させる存在にされてしまったのである。

「ヨハネ黙示録」の原典は、古代宗教の信仰をしるしたものであった。生命の根源としての太陽に対する崇拝、植物の生命をつかさどる大地母神の崇拝、生命力の象徴としての竜の重視が見られる。ところが、キリスト教の神学者は、それをその善悪観に合うように、ゆがめて書き直してしまった。その結果、生命力をあらわすものは、不当におとしめられてしまった。このように、キリスト教は、生命力への信仰を無視している。道徳優先のキリスト教を突きぬけて、生命力信仰の宗教に向わなければならない。

偉大なパン神

『チャタレー夫人の恋人』の最後の場面で森番、メラーズはこう述べている。「彼ら（大衆）は、快活に、活発に生き、そして、偉大なパン神を受け入れるべきです。パン神は、永遠に、大衆のための唯一の神です。」ロレンスは、最初の長編小説、『白くじゃく』においても、パン神に言及して以来、作品やエッセイにおいて触れ、また、最後の長編小説において言及している。このことから考えても、パン神が、ロレンスの想像力のなかにおいて、いかに重要な働きをしているかがわかる。ロレンスが、キリストを批判していることは、すでに述べた通りであるが、パン神は、キリストと対照的な存在であり、ある場合は、キリストにとって代る存在である。ロレンスはキリスト教の神は否定しながらも、何らかの「神」を求めていた。その「神」はパン神であった。

元来、パン神は、ギリシアのアルカディア地方の神であったが、次第に、この地方のみならず、ギリシア全土にその信仰がひろがった。ペルシア戦争のとき、パン神はギリシア軍の味方となり、ペルシア軍に「パニック」(パン神に由来する)を起こしたためであると、ヘロドトスの『歴史』にはしるされている。「パン」はギリシア語で「万物、宇宙」を意味する。したがって、「自然の擬人化」とみなされてきた。これから、森林、牧畜、狩猟の神とされている。人間の頭、腕、胸を持ち、角があり、山羊の耳を持ち、下半身は山羊のそれである。後代になると、動物的部分が減少してくる傾向がある。色欲の強さが特徴であり、ここから、パン神は豊饒の象徴とみなされる。羊飼と同じように笛を吹き、舞踏や歓楽を愛した。水の精シリンクスを追い、彼女が葦にかわるとそれを折って笛をつくって吹いたという伝説がある。

パン神は、大体、キリストが生誕したころ、死んだとされている。ローマのチベリウス帝のころ、タマスという船乗りが地中海を航海しているとき、三度、自分の名前をよばれ、「偉大なパン神が死んだ」と伝えてくれといわれたという話がある。パン神についてロレンスが論じたエッセイに「アメリカにおけるパン神」がある。アメリカ滞在中に書かれたものである。ロレンスのパン神観の特徴の一つは、パン神の死の意味の解釈である。「偉大なパン神が死んだ」とされているのであるが、ロレンスは、その死の原因を、人間が宇宙から分離されてしまったからであるとする。「昔からの結合、昔からの全体性が切断されて、二度と、理想的には回復されない。偉大なパン神は死んだ。」「パン」は、すでに述べたように「万物、宇宙」という意味である。これは、すなわち、人間と宇宙が一体であることをあらわしており、人間が機械を発明し、自然を征服しようとしたとき、この関係は断ち切られたのだとする。すなわち、この時、パン神は死んだのである。現在、生きているとすれば、樹木という形でである。太陽に向って枝を伸ばし、大地の中に根をのばしていく姿勢は、パン神的生き方である。また、周囲の自然とのつながりを完全には絶ち切っていないインディアンの生き方にも、それは残っている。

ロレンスは、現代において、死んだパン神を復活させねばならないと考える。それは、現代人が野蛮人に戻ることを意味しているわけではない。大事な点は、人間が、自然や宇宙を「征服する」という観念を捨てることなのである。本来、人間は、宇宙——太陽、月、星、大地、樹木、花、鳥、動物、他の人間との調和のとれた関係によって生きていたのである。この関係を無視して、他を征服し破壊することは正しい生き方ではない。周囲を破壊することは人間の自滅につながっていく。

キリスト教とパン神

ロレンスのパン神解釈の第二の特徴は、キリスト教と結びつけている点である。ちょうどキリスト教が起こったころパン神が死んだことに意味がある。はじめ、この神は、ギリシアの世界では、人々に怖れられてはいたが、邪悪な存在ではなかった。ところが、キリスト教の時代になると、パン神は、「悪魔」と同一視されるようになった。「割れたひずめ、角、尾を持ち嘲弄の笑い」をする悪魔と考えられるようになった。ギリシア人の信仰の世界においては悪ではなかったのに、キリスト教の道徳に合わせて判断され、評価されるようになって、パン神は矮小化され、卑小化されてしまった。この神の持っている健全な欲望までも、「老年の色欲」としておとしめられてしまった。パン神のあらわす「生命力」が、キリスト教の「道徳」の犠牲になったのである。これは、ちょうど、「ヨハネ黙示録」において、古代宗教の日月星辰信仰が、キリスト教神学者によって、キリスト教の教義に合うように歪曲されてしまったのに似ている。

短編、「上音」のなかで、キリストとパン神の関係があつかわれている。レンショーという男性が、エルザという若い女性に向って、自分の欲望を暗に指しながら「こわがらないで——パン神は死んだのだよ」というと、エルザは、「パン神は生きていればよいのに」と答え、また、「キリストは、パン神を殺さなくてもよかったのに」という。しかし、注意すべきことは、エルザによると、パン神だけがすべてでなくて、キリストも同じように重要だということである。キリストとパン神は、人間存在の両面をあらわすという考えである。「私自身、光と影のなかを、キリスト教信者として、また、ニンフとして、永遠に走っているのです。」キリストとパンの領分が違うのである。前者は、いわば、「森」の外の文明化された領域であり、後者は、「森」のなかである。

ロレンスは、キリスト教の道徳を批判し、異教の神であるパン神を称揚する。しかし、まったくキリスト教と手を切ることはできない。なんとかして、それを新しくつくりかえようとする。もちろん、それは、正統なキリスト教信者からみれば異端ではあるが、それを承知の上で、ロレンスは、自分のヴィジョンに合うキリスト像をつくろうとする。パン神と対照して示されたキリストは霊性をあらわすものである。ところが、最後には、キリストとパン神を合体させる。すなわち、霊性と肉体をそなえた存在を考える。それは、たとえば、すでに述べた「死んだ男」で示される。はじめは、霊的生活しか送っていなかったキリストが、肉体に復活するということはパン神的存在に変ることである。一旦、死んでよみがえった男は、キリストでもあり、パン神でもある。

「上音」に「光と影のなかを走る」という表現があったが、光は、キリスト教と結びつけられ、闇(影)はパン神と結びつけられる。キリストが現われたことは「光がこの世に現われた」と表現されるように、キリスト教においては光は、つねに、善と結びつけられる。それに対して、闇は、悪と結びつけられている。この伝統的な考え方に対して、ロレンスは闇の重要さを強調する。この世界に、昼と夜があるように、光だけでは物事は存在しない。光と闇の二つがあってはじめて存在は完全になる。闇を単に悪と決めつけるのではなくて、ひとつの大きな生命の源と考えなければならない。次に触れるように、闇は、無意識とつながり、また、血の意識とつながっているのである。他方、光は知の意識とつながっている。この二元性によって生は完全となる。

知の意識と血の意識

「生涯」で述べたように、ロレンスは一九一三年の時点で、イタリアの農夫の生き方を礼賛しながらこういっている。「私の偉大な宗教は、知性よりも

フロイト

賢明な、血と肉体の信仰です。私たちは、精神においては、間違いをおかします。しかし、血で感じ、信じ、述べることは、つねに正しいのです。」ここで言及している「血と肉体の信仰」とは何であろうか。また、イタリアの農民は、「意識」を持たず、ただ、「感じ欲する」だけであると述べているが、この「意識」というのはどういう意味であろうか。また、ラッセルとの論争や、十九世紀アメリカ文学論において、「知の意識」と「血の意識」という言葉を使っているが、どういう意味であろうか。これらは、ロレンス独自の思想の根本をあらわす言葉である。ここでまとめてみよう。

「意識」は、「無意識」に対する言葉である。ロレンスは「無意識」について二冊の本を書いている。『精神分析と無意識』(一九二一)と『無意識の幻想』(一九二二)である。このなかで、独自の「無意識」論を展開している。「無意識」といえば、精神分析学者フロイトを思い出す。フロイトは、「意識」以外に、人間を動かしている無意識の世界があることを指摘した。これは重要な発見であった。あたかも、氷山の海面に現われている部分は小さいのに、海面下の部分が大きいことの指摘に似ている。ロレンスが「無意識」というとき、ほぼ、フロイトと同じ考え方をしている。ただ、フロイトが、無意識のなかに、性衝動のみを見たのに対して、ロレンスは、性衝動だけではなくて他の衝動もあるのだといっている。たとえば、パナマ運河の建設の衝動も、また、無意識のなかにある。

ロレンスは、フロイトの説に従いながらも、独自な「無意識」論を行っている。

無意識は、受胎したときからある。したがって、別の言葉でいえば、原初意識である。胎児も、また、新生児も、この無意識だけによって行動する。すなわち、無意識は、生命そのもののことであるとロレンスはいう。赤ん坊が母親から乳を飲もうとするのも、この無意識による行為なのである。この時点では、まだ頭脳の働きはない。子供が成長していくにつれて、はじめて、ここで「意識」が生まれる。ここから、精神活動、知的活動がはじまる。すなわち、はじめに「無意識」があって、そのなかから「意識」が生まれるのである。「意識」が生まれたあとも、「無意識」はなくなってしまうわけではない。それどころか、海面下にかくれた氷山のように人間生活のなかで、「意識」よりも、ずっと大きな部分を占めているのである。

ロレンスは、「意識」を「知の意識」とよび、「無意識」を「血の意識」ともよんでいる。現代の人間は、「知の意識」の方にかたよりすぎているとロレンスは批判する。人間には、「意識」、あるいは「知の意識」しかないかのように行動する。あるいは、「知の意識」は、「血の意識」よりもすぐれていると考え、後者を不当におとしめる。そして、「知の意識」が「血の意識」を抑圧する。たとえば、清教主義の道徳は「知の意識」であり、これが、人間の欲求を不当に抑えるのである。「知の意識」の仕事は、溢れる泉の水を導くように「血の意識」を正しい方向に導くことであって、抑圧することではない。

たとえてみれば、「血の意識」は植物の伸びる力である。「知の意識」は、いわば、花である。花は美しいが、それだけで存在するものではない。「血の意識」という根や幹や枝や葉があって、はじめて、存在するものである。ところが、現代人は、植物には、花だけしかないように考えている。頭脳を通して得た知識が唯一の知識であると考えている。ところが、他にも知る方法はあるのだ。イタリアの農夫のように、手の感覚によって、また、感情を通して知ることができる。感覚や感情は「血の意識」に属するものである。現代において、「血の意識」に従っている人間は、イタリアの農夫のほかには、インディアンがいる。ローマに滅ぼされたエトルリア人がそうであった。また、『モービー・ディック』に登場する巨大な白鯨も「血の意識」の象徴である。

ロレンスが「血と肉体の信仰」というとき、この「血の意識」の重視を意味している。科学者とは違って、ロレンスの場合、二つの「意識」があるということを客観的に述べているわけではない。信仰といってよいほどに「血の意識」を高く評価し、それを基にして、自分の哲学の基礎をつくっている。

三　性の浄化

検閲制度の犠牲

最初の小説『白くじゃく』の出版間際になって、ロレンスは出版社から、作品の一部を訂正するようにと要求された。それは、アナブルが、妻が描いている絵のモデルになるという場面であるが、裸体であることがはっきりわかるといけないというのである。裸体であることが、直接にはわからないような、ぼんやりした表現に書き直すように要求された。また、「腹」という字は、上品ではないからカットするようにといわれた。ロレンスは変更をしぶったが、最初の出版であり、抵抗することができなかった。変更箇所は、今日から見れば何でもないことであるが、一九一一年の当時にあっては問題になった。それは、十九世紀のヴィクトリア時代の道徳的な精神風土が残っていたからである。たとえば、女性が他人に身体を見せるのはいけないから長いスカートをはく、というだけではなくて、ピアノの脚もむき出しにするのは上品ではないから布でくるむという時代であったから、作品の変更は十分考えられることであった。ロレンスは、このような精神風土のなかで作家として出発したから、その検閲制度に苦しまなければならなかった。

一九一五年出版の小説『虹』は、発売後間もなく発売禁止の処分を受けた。出版社のメシュエン社は中央警察法廷によばれて、「一連のわいせつな思考、観念、行為で埋められている」本を回収しない理由を詰問され注意を受けた。メシュエン社は不穏当な箇所は、作者に訂正を求めて直したが、若干の箇所については作者が訂正を拒否したので、そのまま出版せざるを得なかった旨を弁明して、結局、当局の言い分を全面的に認めて発売を停止した。

『虹』の発売禁止の余波は大きく、ロレンスは、出版界から敬遠されることになった。一九一六年に執筆をおえていた『恋する女たち』は、出版者が見つからず、ようやく、一九二〇年に、私家版として発行する有り様だった。この作品も、あやうく発売禁止になるところであった。一九二一年九月、『ジョン・ブル』紙は、その書評で、「当局が発売禁止すべき本」として非難している。「性的堕落のいとうべき研究」とか「わいせつな研究」という見出しをつけて、「性的堕落の分析的研究」を作者は行なっているとしている。この悪意に満ちた書評にもかかわらず、発売禁止にはならなかった。

『チャタレー夫人の恋人』は、イギリスでは出版できず、イタリアで、私家版として出版された。イギリスの新聞、『サンデー・クロニクル』は、その一部を入手して、次のような書評をのせ、発売を許可すべきではないと主張した。「この作品は、文字通り、何ともいいようがない。わいせつと、セックスのいやらしさでふんぷんとしている。新聞では活字にすることができず、街頭で使えば、警察法廷に起訴されるであろう言葉で書かれている。」イギリスでは、一九六〇年、裁判の結果、発売が認められるまでは、削除版しか公けには販売されなかった。

『チャタレー夫人の恋人』を出版した翌年の一九二九年の一月、詩集、『三色すみれ』の原稿をフランスからロンドンに送ったところ、当局に押収された。『虹』や『チャタレー夫人の恋人』の作者として、ロレンスは、内務省から注意人物とみなされていたのである。この結果、十四編の詩を削除されてしまった。続いて、同年、六月から七月にかけて、ロンドンのウォレン画廊で開かれた絵の展示では、当局によって十三点の絵が押収された。『虹』のときと同じように、「わいせつ出版物取締法」に触れるとみなされたためであった。

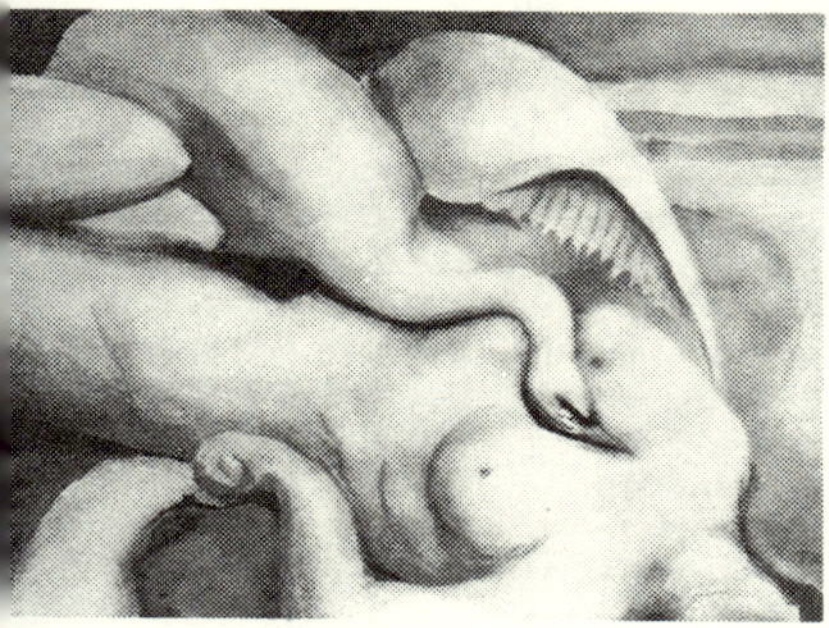

ロレンスの絵「レダ」

わいせつとは何か

このように、ロレンスの作家としての活動は、「わいせつ」という敵によって、しばしばおびやかされた。そのため、経済的にも被害を受けた。発売禁止処分によって、当然入るべき印税が入らなくなるからである。したがって、ロレンスは「わいせつ」について真剣に考えざるをえなかった。「わいせつ」とは何か、彼はこう考えている。肉体、あるいは、肉体の行為そのものは、「わいせつ」ではない。たとえば、それは、草や木の根が、「わいせつ」でないのと同じである。人々は、草や木の花がきれいだから、それだけ切りとって生け花にし、根は捨てる。根は土がついているからきたないと思うからだろう。しかし、根のない草や木などはない。もしあれば、それは生命のない造花である。

草や木の場合と同じように、人間の肉体には、「わいせつ」だからといって切り捨てる部分などはひとつもない。人間が出現して以来、人間の肉体とその行為は存在している。肉体や肉体の行為そのものがよごれているとか、あるいは、きたないというのであれば、人間をつくった造物主を呪わなければならない。造物主を否定するには、人間はあまりに卑小である。造物主のつくったままに人間が生きていくのであれば、肉体や、その行為が汚れているとか、「わいせつ」であると考えるのは不遜である。

したがって、「わいせつ」というのは、肉体や、肉体の行為そのものについていうことはできない。「わいせつ」なのは、肉体ではなくて、肉体や、その行為について、人間がつくりあげた矮小な観念なのである。どんなきれいなものでも、汚れた手で持てば汚れてしまうし、どんな美しいものでも、くもったガラスを通して見れば、その美しさはわからない。それと同じように、肉体やその行為は汚れているわけではないのに、汚れた眼で見ることによって汚れてしまうのである。だから、「わいせつ」の元凶は、肉体とその行為ではなくて、それについての、人間の観念作用なのである。

この相違を明確に区別しなければならないとロレンスはいう。人間は、自分の観念そのものが汚れているのに気付かず、肉体やその行為が汚れていると考える。それは誤りである。

肉体の重要な働きのひとつである性は、それ自体は、汚れているわけでも、罪深いものでもない。それは、たとえば、草花におけるめしべ、おしべ、受粉作用のようなものであって、その作用をだれも否定することができないように、人間の性や性の行為をだれも否定することはできない。もし、そういう人がいれば、造物主に対して不遜な考えを持っているわけである。

「ポルノ」は性に泥をぬる

「ポルノ」といえば、性を連想するのだが、本質的には、「ポルノ」と性は関係がないことである。もし、関係があるとすれば、性は「ポルノ」の哀れな犠牲者だということである。「ポルノ」は、いわば、美しかるべき性に泥を塗り、汚しているのである。「ポルノ」は人間の汚れた観念がつくったものなのである。性とその行為は自然なものであるはずなのに、「ポルノ」という観念が、それをゆがめ、汚しているのである。したがって、性は「ポルノ」の犠牲者である。性と「ポルノ」は近いように見られたり、あるいは、性、イコール、「ポルノ」だとさえ考えられるが、それはひどい誤りである。性と「ポルノ」は、本質的には無縁のものである。粗雑で矮小な人間の頭が、それを同一化しているにすぎない。

ロレンスのしようとしていることは、性や肉体をポルノ的思考から救い出すことなのである。あまりにも汚されてしまって、何が何やら区別がつかないような状態にあるので、性を「ポルノ」とか「わいせつ」とかという泥水のなかから救い出し、浄化し、本来持っていた美しい姿に返してやることなのである。

性は、人間生活において重要なものである。たとえてみれば、性は太陽のようなものである。性的感情が流れるとき、人間は、日光のような、あたたかい自然の流れを感じる。性的魅力は人間を惹きつける。しかし、不幸なことに、現代社会においては、性は、「性犯罪」とか「麻薬とセックス」というような形で犯罪と結びつけられる。あるいは、性病と結びつけられてしまう。犯罪も病気も、すべて元凶は性であるということになってしまう。これはまったくの濡れ衣である。金儲けしか考えぬ一部のジャーナリズムは、「ポルノ」という形で性を売りものにする。本来は、売買すべきではないのに、性は商品化されている。

人間の誕生以来、性も性の行為も存在したのだが、それについての正しい思想が存在しなかった。性的感情は劣情としておとしめられ、また、性は触れてはならぬタブーとして、隠されてしまった。プラトン、キリスト、ブッダという偉大な思想家たちも、性に対して正しい意義を与えることができなかった。その結果、裏口にまわってささやかれることになってしまった。そのため、性について卑わいな考えや話がはびこり、性とは卑わいなものだという考えが広まってしまった。これは人間にとってまことに不幸なことであった。ロレンスは、性についての正しい思想をうちたてなければならぬと考えた。そして、『チャタレー夫人の恋人』を書き、また、それを弁護するエッセイを書いた。性は、男女関係の中核にあるものであり、男女を結びつけるものである。

四　社会体制批判

イギリスの固定的な階級制度

ロレンスの父親は、炭坑夫であった。すなわち、労働者階級に属していた。イギリスの階級は上流階級、中産階級、労働者階級の三つにわけられる。上流階級は貴族のことで、歴史的には、十一世紀にイギリスを征服したノルマン王の家臣である。他方、貴族のもとで働いていた農民、つまり、労働者階級がいた。つまり、上下、二階級しかなかったが、商業、産業が盛んになると、財力を持った階級があらわれた。彼らは、貴族と労働者の中間に座をしめて、中産階級とよばれる。

この階級制度はかなり固定したものであった。貴族は世襲制で、選挙によらず上院議員になることができる。中産階級は、金をもうけても、それだけでは貴族になることはできない。労働者は中産階級にあがることは困難である。現在では、この階級の固定化はいくらかゆるんできている。貧乏な労働者階級でも、やる気と能力があれば、奨学金を得て、大学へ進むことができる。このようにして、実際、社会的に認められるようになった人はいる。しかし、依然として、階級制度は厳存している。

ロレンスの時代は、現在よりも、もっときびしい階級の壁が存在していた。炭坑夫の息子であるロレンスが、奨学金によって高校へ進み、大学へ進んだことをみれば、たしかに、階級差をすくなくしようとする動きがあったことはわかるが、ロレンスの学んだ「大学」は、オックスフォードやケンブリッジ大学といった支配者養成の大学ではなかった。生まれる前から人間を区分けしている階級をロレンスは意識せざるをえなかった。そして、人間にとって階級とは何であるのか考えざるをえなかった。

ロレンスの父親は労働者階級であるのに対して、母親は中産階級の出身であった。出身の階級によって考え方が違っていた。父親は、息子たちを、自分と同じように炭坑夫にしようとした。労働者としてはふつうの考え方である。これに対して、母親は、息子たちを、肉体労働ではなくて、頭脳労働につかせようとした。そのためには、多少無理をしても教育を受けさせなければならないと考えた。父親は、学校には関心がない。むしろ、一日を楽しく過せればよいと考えた。このような二つの違った価値観のなかでロレンスは育てられ、その板ばさみになって苦しんだ。

階級制度批判

若いころは、尊敬する母親の影響もあって、ロレンスは中産階級志向を持った。勉強して学校を出、知的職業につき中産階級になろうという考え方が強かった。父の階級の労働者の粗暴さにたえられなかった。ところが、次第に中産階級の持つ空虚さに気がついた。たしかに、中産階級の人々は、方言ではなくて、きれいな標準語をしゃべる。教育も知識もある。労働者よりも社会的地位が上である。しかし、ロレンスは、中産階級のなかに空虚さを感ぜざるをえなかった。その階級の人たちにあるのは、ただ観念だけであった。宗教、道徳、下の階級に対する優越感、上品さ、知識だけであった。とくに人間としてすぐれているとか、暖かい心を持っているとかということはなかった。

これに対して、労働者は、肉体に根ざした生き方をしているとロレンスは考えた。彼らは頑丈な肉体を持っていた。感情や感覚に基づく生活をしていた。毎日を楽しく過ごす術を知っていた。労働者の典型をロレンスは自分の父親に見た。父親は、一日中、炭坑のなかで激しい労働に従事したあと、酒場に寄って酒を飲み、仲間と談笑したり、また、ある時は、ダンスをしたりして、毎日を楽しく暮らしていた。学歴がないからといって、そのため、生活が貧弱になるということはなかった。豊かな感情が、知識を補ってあまりあった。酒を飲んだときの父親はこわかったが、子供たちに対して思いやりがあった。感情や感覚がまずあって、観念や知識は二の次であるという生き方であった。

一番上の貴族階級はどうであろうか。『チャタレー夫人の恋人』のなかで、ロレンスは従男爵であるチャタレー卿を登場させている。チャタレー卿は、第一次大戦に従軍し、負傷して、下半身不随になり、性的に不能になった。チャタレー卿を下半身不随にしたのは、意図的というよりも自然にそうなったのだとロレンスは説明し、こうつけ加えている。「私が初稿を読んだとき、クリフォード・チャタレーの下半身不随は、今日、彼のような性格や階級の多数の人々の麻痺、深い感情的乃至は情緒的麻痺を象徴していることを認めたのである。」すなわち、下半身不随は、単に身体的な欠陥を指しているだけではなくて、感情の枯渇も指しているのである。

チャタレー卿は、炭坑の所有者として、莫大な財産も、広大な土地も持っている。彼は資本家として、労働者を支配している。ひとりの人間が所有しうるかぎりのものを所有しながら、彼が欠いているひとつのものがある。それは、暖かい心である。彼には、労働者や、自分より階級の下の者を支配しようとする意志しかない。彼にとって、労働者は人間ではない。石炭を掘る道具にすぎない。彼は子供をほしがっているが、それは、チャタレー家を継がせるためである。子供も、家名を保つための道具にすぎない。

このような夫と一緒に暮らすことに、妻のコンスタンスは耐えられなくなってくる。彼女は感情の豊かな女性なのだが、ラグビー邸ではそれが表現できない。感情まで冷たく凍ってしまうのである。気分転換に屋敷内の森へ散歩に出かけたとき、偶然、森番のメラーズに会い、彼を愛するようになる。メラーズは、貴族の夫人とは階級がまったく違う労働者である。しかし、二人のあいだには、暖かい感情が流れはじめる。ロレンスがここでいいたいことは、貴族階級という、一見、立派な人間だけがいそうな階級にも、かならずしも、暖かい心を見出すことはできないということである。そして、大事なのは、階級ではなくて、人間の愛情であるということである。この小説では、結局、コンスタンスは夫のもとを離れ、メラーズと一緒に暮らすことを決意する。すなわち、作者は、コンスタンスに、階級を否定させたのである。現実社会では、従男爵の夫人が、夫と離婚して森番と結婚することはほとんどありえないことである。ありえないことをあえて小説で書いたということは、作者の階級否定の強い願望のあらわれである。

ロレンスは、中産階級、貴族階級を批判したことは今見た通りであるが、では、労働者階級は理想的な人間であろうか。たくましい肉体を持ち、豊かな感情を持ち、おおらかで屈託なく毎日を暮らしているかぎりでは、労働者に親近感を持っている。しかし、彼らが、組合をつくって、賃金値上げを要求しはじめるとき、ロレンスの親近感は消える。ロレンスによれば、賃金値上げということは、労働者が、資本家に近づくことである。すなわち、そのときには、労働者も、金銭で動く社会体制のなかに組みこまれてしまうと考える。つまり、生きることの目的は金を稼ぐことではないのである。人生の目的は、ただ働くことではない。生きることである、とロレンスは主張している。もちろん、ある程度の金銭がなければならないのだが、金銭を得ることが、生きることの目的になってはならぬ。

『チャタレー夫人の恋人』の初稿に登場する森番パーキンは、後に工場労働者になるが、共産党員で組合の書記をしている。同じ労働者であっても、政治運動に関わりはじめると、ロレンスの抱いている労働者のイメージではなくなる。最終稿では、パーキンの姿は消え、その代りに、組合にも属せず、政治運動にも加わっていない、森番のメラーズが登場する。彼のなかに、ロレンスが抱いていた理想的な労働者の姿が表現されている。すなわち、政治的に組織された労働者ではなくて、森番とか、農夫のような人間が、現代においては、ロレンスのヴィジョンに合う人間である。言葉をかえれば、どこかにパン神のおもかげを持った人間である。

政治、経済、産業体制批判

ロレンスの生きた時代は、政治的に激動の時期であった。そのひとつに社会主義の台頭がある。一九〇〇年に、イギリス労働党が結成された。そのころまでは、イギリスの政治は、保守党と、より革新的な自由党の、二大政党によって動いていたが、やがて、自由党に代って労働党が勢力をまして、一九二四年には、はじめて政権を握った。

当時の青年として当然であるが、ロレンスは社会主義に関心を持っていた。社会主義を信奉する友人もいた。また、ロレンスの父親は炭坑夫だから、社会主義に同調するのはきわめて自然のことに思われた。ところが、実際は、ロレンスは、社会主義政党にも、運動にも、労働組合にも賛同していない。その理由は、政治は、せいぜい、個人の外的な生活の条件、環境をつくるのに過ぎないからである。労働党が勢力を得ることによって、労働者に有利な法律をつくることができる。そして、労働者の生活を向上させることができる。しかし、それは、あくまでも労働者の外的な条件をつくることに過ぎないとロレンスは考える。

外的条件をつくることよりも重要なことがあるとロレンスは考える。それは生命である。たとえば、一本の植物がある。植物は何によって伸び、何によって花を咲かせるかというと、内部の生命によってである。植物を伸ばす法律をつくることはできない。法律ができることは、伸びようとする植物の障害物を取りのけてやることである。そうすることによって植物は、すくすく伸びていけるだろう。しかし、いくら法律をつくって障害物を取りのけてやっても、もし、その植物に生命力がなければ、伸びていくことはできないのである。それに反して、もし植物に強い生命力があれば、歩道の敷石さえ持ち上げてしまうのである。この生命力こそが、ロレンスにとって一番大事なものである。障害物を取りのける法律が不要だといっているわけではないが、法律さえつくれば、それで植物が伸びていくと考えるのは誤りであると述べているのである。

一九一〇年前後、イギリスにおいて、婦人参政権獲得運動が最高潮に達した。女性社会政治連盟が中心になり、放火をふくむ過激な示威運動を展開していた。ロレンスの女友達も、この運動に同調していた。結局、一九一八年に、制限つきながら、イギリスで、はじめて女性に参政権が与えられ、続いて、一九二八年に、完全な参政権が与えられることになった。この運動にさえ、ロレンスは、いささか冷やかな反応を示している。女性が参政権を得ることによって、女性の権利を守り、女性の生活を向上させる法律をつくることができるようになる。しかし、法律をつくっただけでは、完全な解決にはならない。女性の内部に真の自覚がなければ、真の女性の解放はありえないという立場をとっている。

ロレンスは、産業中心主義を批判している。彼は、ハイスクールを出て、就職しようとするとき、「産業主義の囚人」になると感じた。結果的にもそうなった。外科医療器具製造会社の事務員として就職したが、きびしい勤務条件のなかで健康を害して、三ヵ月で病気になり退職することになった。財産がないものにとって、生きていくためには働かねばならぬことは自明である。また、勤労は美徳であると考えられていた。しかし、ロレンスは、「生きる」ことと、「働く」ことは違うという。人間は、賃金を稼ぐための労働にしばられてはならない。その種の労働は、一日三、四時間にして、あとの時間は、個人の創造的生活に使われなければならない。

ロレンスは、怠惰でよいといっているわけではない。しかし、現実には、大多数の人間は、産業組織のなかに組みこまれてしまっている。生産する機械の一部になってしまっている。たしかに、生産をあげるという目的のためには、人間は機械になるのが一番効率がよい。しかし、生命を持った人間の側からいえば機械になることは、人間性を失っていくことである。産業、技術の進歩によって人間の生活は向上はしたが、その反面、人間が失うものも大きいとロレンスは考えている。自分の場合は、きびしい勤務条件のなかで健康を失ってしまった。ロレンスが、理想的な姿として頭に描いていたのは一昔前の農夫であった。働くことと、生きることが一致していた。農夫は、植物や大地と一体化していた。周囲の自然と共に生きていた。しかし、農業が近代化され、機械化されると、この関係は失われる。そのときには、農夫もまた、生産性をあげるための機械の一部になるのである。

五　ヨーロッパ文明を超えて

ロレンスは、西欧文明を批判的に見ている。当時にあっては、これは例外的である。十九世紀から二十世紀の初頭にかけて、ヨーロッパ人にとってヨーロッパ文明以外の文明は自分たちの文明よりも劣っているか、あるいは野蛮だというくらいの認識しかなかった。すなわち、ヨーロッパ人は、ヨーロッパ文明を中心にして世界を見ていたのである。たとえば、十九世紀のイギリスは、「世界の工場」として、工業製品を世界に輸出し、そして、世界中に植民地をつくり、七つの海を支配していると豪語していたわけだから、こう考えるのは、当然であった。

西欧文明の批判

このような精神状況のなかで、西欧文明を批判的に見た少数の人々のひとりがロレンスであった。ロレンスは、西欧キリスト教文明は、人間の「生命力」を抑圧していると考えた。キリスト教は、その道徳によって、人間の自然の本性を束縛している。人間の霊性のみを重んじて肉体を軽視した。また、産業革命の結果、産業や、技術は発達したが、その代り、労働者は、生産の道具になってしまった。機械の歯車のひとつになってしまった。労働によって賃金は得られるが、今度は、逆に金銭体制のなかに組みこまれた。金を稼ぐことが生きる目的になってしまった。金を稼ぐことにはきりはない。当座の生活に必要な分だけ稼げれば、それに満足してよいわけだが、そうすることができずに、将来のことを考えて、貯えることになる。貯えははじめるときりがなくなる。

ロレンスは、西欧キリスト教文明とは違って、「生命力」を抑圧しない文明があるだろうと考える。そして、その文明を発見する旅を続けた。イギリスのコーンウォルや、サルジニア島において、ロレンスは、キリスト教に染まっていない文明があることを感じる。さらに、イタリア本土においては、エトルリア文明に関心を持ち、また、アメリカ大陸では、インディアンに関心を持つ。このなかで、ロレンスが、とくに関心を持ち、論じているエトルリア人とインディアンについて見てみよう。

抹殺されたエトルリア文明

一九二〇年ごろから、ロレンスは、エトルリア文明に関心を持ちはじめた。きっかけはイタリアのペルージア博物館で、エトルリアの出土品を見たことであった。一目みて、魅力を感じた。実際に遺跡をまわりたいと思ったが、なかなかその機会はなく、ようやく、一九二七年の三月、所期の目的を果すことができた。チェルヴェテリ、タルクィニア、ヴルチ、ヴォルテラの遺跡をまわって、エトルリア民族が実際に残したものを見た。期待した通りすばらしいものであった。ロレンスはその感動を『エトルリアの遺跡』で表現した。エトルリア民族は、ロレンスが理想とする民族であった。

　エトルリア民族については、まだよくわかっていない。その起源については三説ある。一は、東方小アジアからの渡来説である。二は、北方からの南下説。三は、土着説である。その言語は、インド・ヨーロッパ語族に属していない。ほとんど未解読である。住んでいたのは、ローマ、フィレンツェ、ピサを結ぶ、ほぼ、三角形の中の地域である。ローマ人たちは、エトルリア人をトゥスキとよんでいた。そこから、近代の地名、トスカナが生じた。したがって、トスカナ地方が、ほぼ、その地域にあたる。

　エトルリア人は、おそくとも、紀元前八世紀には、この地域に住んでいた。ローマが都市国家として成立するのは、紀元前七世紀のころである。紀元前六世紀のころは、エトルリア人の勢力は強く、ローマをその支配下においていた。このあと、ローマは勢力をまし、紀元前四世紀には、逆に、ローマ人がエトルリアを破り、それを支配するようになった。このようにして、エトルリア文明は没落し、その遺跡として、城壁や墓を残すのみになってしまった。エトルリアは、ローマを敵としたことによって、ヨーロッパ文明から抹殺される運命となった。ギリシア・ローマ文明がヨーロッパ文明の本流であるから、それに敵対したものは無視されるか、その存在を否定される。エトルリア文明の存在を否定する学者さえいたのである。

　ロレンスは、このようなギリシア・ローマ文明中心の考え方に反対する。そして、この消し去られた文明を最大限に評価する。エトルリアはローマに征服された。征服されたことは、その文明が劣っていたことを意味しない。人間は、サヨナキウグイスを殺すことができる。しかし、サヨナキウグイスのように美しくうたうことはできないのと同じである。エトルリアの遺跡は、城壁や墓だけである。このなかで、エトルリア人を、もっともよく表わしているのは、地下の墓の壁画である。地下の墓は、一種の地下室のようにつくられており、そのなかに、その家族の棺、または、骨壺がおさめられたのだが、その地下墓室の壁面に彩色画が描かれた。紀元前七世紀から五世紀ごろに描かれたものなのだが、部分的には破損はしているものの、現在まで、彩色は落ちずに残っている。題材は、主に、エトルリア人の日常生活である。ロレンスは、この壁画を見て、エトルリア人と、その生活を想像したのである。

エトルリア文明の評価　その壁画のひとつを見てみよう。「狩りと漁の墓」とよばれている、タルクィニアの地下墓室にある壁画である。これについて、ロレンスは『エトルリアの遺跡』のなかで、生き生きと描写している。壁画のひとつの部分には、海の上に浮かぶ小舟が描かれている。乗っているのは四人の漁民たちで、ひとりはかいで舟を漕いでいる。ひとりは、海のなかに糸をたれて、魚を釣りあげようとしている。舟の後では、イルカがはねている。舟の上方には、翼をひろげて鳥が飛んでいる。壁画の別の部分では、飛んでいる鳥を打ち落そうと投石器をかまえている半裸

(上)漁民
(左)投石器をかまえる男
(右)ダイヴィングする男

の男が描かれている。また、他方では、岩の上から、海の中に頭を下にして飛びこむ途中の、全裸の男が描かれている。男たちの肌は、くすんだ赤で塗られている。これは、日光でやけた赤銅色をあらわしている。これらの男たちは、生き生きしているとロレンスは指摘する。舟をこぐ者、釣りをする者、投石器で鳥を狙う者、そして、ダイヴィングしている者、すべて生命力に満ち溢れている。飛ぶ鳥も同じように生き生きしている。これが、エトルリア人の生きる姿だったのだとロレンスはいう。

小舟が描かれている壁の上方の

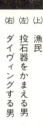

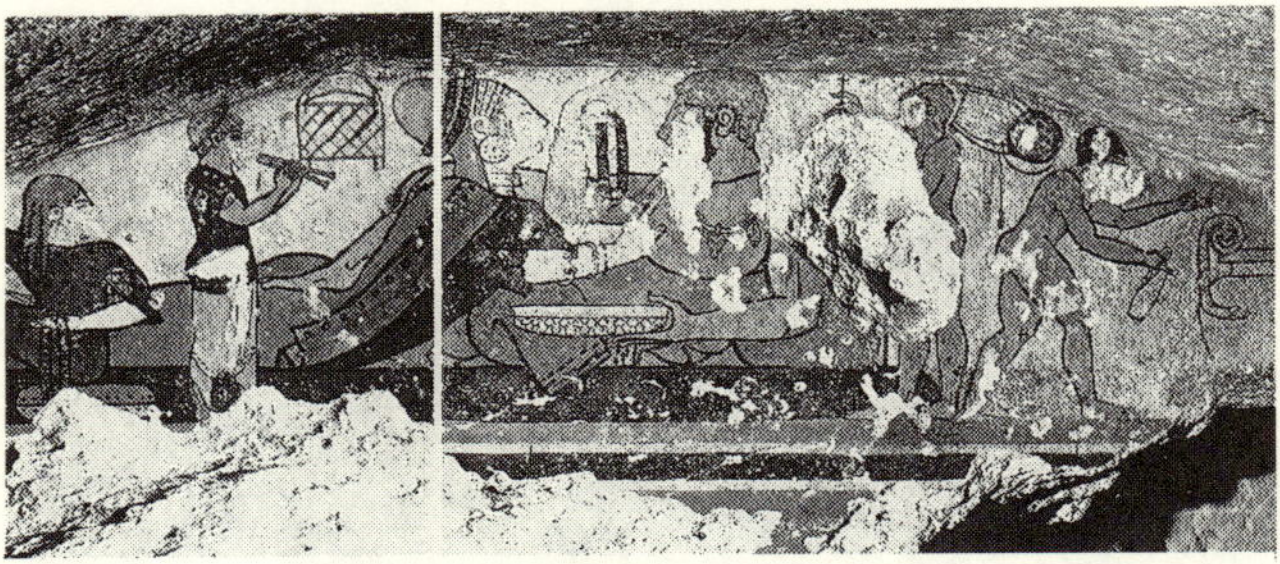

死者の饗宴

壁には、死者の饗宴の模様が描かれている。腰をおろした男性が手に盃を持っている。向い合って坐っている女性が、右手を男性の胸におき、左手で、祝祭の捧げものである花束を男性に捧げている。男性の背後に立っている奴隷は音楽を演奏している。もうひとりの奴隷は、壺から瓶に酒を注いでいる。女性の背後では、少女がフルートを演奏している。その後ろには、花束を持った一人の少女がいる。死者は生前と同じように生を楽しんでいる。言葉を換えれば、現世の生活をエトルリア人は十分に楽しんでいたのであり、死後の世界も、現世の生活を延長しただけなのである。奴隷たちでさえも、後世の人たちが考えるのとは違って生命に溢れていたのだとロレンスは指摘する。

エトルリア文明が表現しているものは、ちょうど野の草のようなものである。野の草は弱い。刈りとられてしまう。しかし、それは巨大な権力によって築かれたピラミッド以前から存在したものであり、また、ピラミッドが崩壊したあとにも続くものである。野の草と馬鹿にしても、それなくしては、人間は生きていけないのである。小麦は人間が創造したものではない。野の草として、人間よりもずっと以前から存在していたのである。

あるいは、エトルリア文明が表現しているものは、サヨナキウグイスのようなものである。この鳥は、キリストやブッダが説教をはじめる前から、また、ローマ帝国が建設される前から、美しい声で鳴いていた。そして、キリスト、ブッダ、ローマ帝国が忘れ去られても、鳴き続けるであろう。永遠なるものは、教えでもなければ命令でもなく、征服でもない。野の草やサヨナキウグイスが表現している「生命」なのである。人間として、この「生命」を一番よく表現しているのが、エトルリア人なのである。

偏見にみちたインディアン観の打破

ロレンスが、エトルリア人と同じように関心を持った民族は、インディアンであった。ヨーロッパ大陸から白人たちがアメリカ大陸に移住してくるにつれて、インディアンは次第に圧迫されて、保留地に追いこまれることになった。ちょうど、近代のインディアンの運命は、古代のエトルリア人の運命に似ている。エトルリア人がローマ人に征服されたように、インディアンも白人によって圧迫されたのである。

最初から、ヨーロッパ人は、アメリカの先住民族に対して偏見を持っていた。一四九二年にコロンブスがアメリカ大陸にやってきたのだが、そのことが、新大陸発見と喧伝された。たしかに、ヨーロッパ人にとっては、新大陸であったが、本当は、新大陸でもなんでもなかったのである。先住民族にとっては、昔から住んでいた大陸なのであった。一説では、インディアンはベーリング海峡ができるころ、アジアから移住した民族だとされている。そうすれば、かなり以前からアメリカ大陸に住んでいたわけである。彼らにとって、アメリカは、新大陸でもなんでもないのであり、ただ、コロンブスが、最初のヨーロッパ人として渡航してきた、ということだけなのである。

ヨーロッパ人は、インディアンの文化に価値をおかなかった。スペインやポルトガルの征服者たちは、十六世紀には、マヤ、アステカ、インカ帝国を打ち倒し、その文化を破壊し、財宝をうばった。要するに、征服者たちにとっては、文化などどうでもよくて、財宝しか眼中になかった。文化どころか、インディアンをふつうの人間と見ない傾向さえある。ひところの映画の西部劇では、インディアンは、残酷な悪者にされていた。インディアンと戦闘した白人から見れば、そう見えたであろう。しかし、もし白人がインディアンの土地に侵入していかなければ、戦闘は起こらなかったはずだ。映画のような娯楽では、大衆受けを狙うから、偏見を売り物にするということがあろうが、立派なインテリにも偏見があった。

ベンジャミン゠フランクリンは、十八世紀のアメリカの政治家、外交官で、独立宣言の起草委員でもあった立派な人物であるが、インディアンに対しては、ひどい偏見を持っていた。フランクリンはこう述べている。インディアンは、白人による大陸開拓の邪魔になるから根絶してしまった方がよい。根絶させる方法は、ラム酒を飲ませることである。インディアンはラム酒が好きだから、それを飲ませれば、身をもち崩していくであろう。また、好きなラム酒を手に入れるために、土地を手放すこともあるだろう。こういう、フランクリンの考えの背後には、インディアンは、自分たちと同等の人間ではないという認識がある。

こういう状況のなかでは、ロレンスのインディアン観は新鮮である。その理由は、ヨーロッパ中心のインディアン観を捨てようとしているからである。コルテスのような征服者や、フランクリンなどは、あくまでも、ヨーロッパ人、ないしは、白人中心の見方でインディアンを見ているのである。これに対して、ロレンスは、ヨーロッパ中心ではなくて、インディアンのなかに独自な価値観を見つけようとした。

アメリカインディアンの宗教

「アメリカよ、自分自身の声を聞け」というエッセイのなかで、ロレンスは、アメリカ大陸における原住民の意義を高く評価した。アメリカ人は、ヨーロッパから移住したのであるが、ヨーロッパの伝統に固執していてはならない。たとえば、イギリスのリンカン大聖堂は、すばらしい建築物かも知れない。しかし、それをまねて、同じような建築物をつくることがアメリカのすることではない。アメリカ人は、アメリカ大陸自身の声を聞かなければならない。アメリカ人の生活は、原住民であるインディアンの生活を引き継ぐことであり、征服者によって滅ぼされたマヤ、アステカ、インカの生命を受け継ぐことである。アメリカの政治家はグラッドストーンやクロムウェルのまねをするのではなくて、アステカのモンテズマから学ぶべきなのである。アメリカの作家も、ヨーロッパに顔を向けないで、アメリカ大陸に目を向けるべきである。「おお、アメリカよ、自分自身の声を聞け、ヨーロッパの声はきくな。」

これが、アメリカと、そこに住むインディアンに対するロレンスの基本的な考え方である。前述したフランクリンの考え方と如何に違うか明らかであろう。「アメリカよ、自分自身の声を聞け」というエッセイは、アメリカに来る前に書かれたものであるが、一九二二年に実際にアメリカにやってきて、インディアンの生活を見ても、この考え方は基本的には変っていない。「ニューメキシコ」というエッセイのなかでこう述べている。インディアンは、ギリシア人よりも、エジプト人よりも古い民族である。そして、現存している民族のうちでは一番宗教的であると。この「宗教」というのは、キリスト教のことではない。一神教ではなくて、あらゆるもの、岩も山も生命を持っていると信じている宗教のことである。このような、いわば、原始宗教があったとロレンスは考えており、それが、現代では、インディアンに受け継がれているとする。実際に、インディアンを見ているうちに、このような印象をロレンスは持つのである。とくに、インディアンのダンスが、ロレンスを一番感動させた。そこには、大地の生命との一体感があらわれていた。

ロレンスの描いたインディアンのダンス
（穀物発芽のダンス）

ロレンスは、インディアンのなかに、西欧文明が失ってしまったものを見た。西欧文明においては、人間は、他の存在と切り離されている。たとえば、太陽と人間は交感できる、といえば、現代の人間は、それを荒唐無稽だとして笑う。いわゆる科学的思考は、存在を分割した。人間と太陽は異なる。人間と馬は異なる。人間と草は異なる。両者のあいだには交感はない。いわゆる科学的な思考がはじまる前は違っていた、とロレンスはいう。宇宙はすべて、ひとつにつながっていた。人間の魂は、他の生物や、物質と交感していた。キリスト教以前には、そのような宗教があった。宇宙を分断し、分離していくことは、正しい方向ではないとロレンスは考える。簡単な例でいえば、太陽の光を受けて暖かいと感じるとき、そこには交感がある。ところが暖かいということを抜きにして、日光を分析し、太陽の構成要素を調べて、それで、太陽についてすべてわかったと考えるのは人間の思い上りである。このとき、太陽と人間は分断されたのである。宇宙はひとつという信仰を持っているのは、現在では、インディアンのみであるとロレンスは考える。

アメリカ文学の発見

ロレンスのインディアン観は、アメリカ文学観にもあらわれている。ロレンスは、一九二三年に、『古典アメリカ文学研究』を出版した。「生涯」で述べた通り、これは、斬新なアメリカ文学論であった。第一に、アメリカ文学に独立した位置を与えた。それまでは、アメリカ文学は、イギリス文学の一部にすぎないと考えられていた。また、子供の読み物だというくらいの認識しかなく、独立した、ひとつの文学であるとは考えられていなかった。これに対して、ロレンスは、アメリカ文学は、他国の文学とは異なる独自の世界を持つことを明らかにした。第二に、アメリカ文学を独自な見方でとらえた。ロレンスの人生の主題に合わせて、作品を解釈した。言葉を換えれば、アメリカ文学のなかに、「アメリカ自身の声を聞いた」のである。

すでに述べたように、『古典アメリカ文学研究』のなかで、ロレンスは、ハーマン＝メルヴィルの『モービー・ディック』を論じ、この作品は、「知の意識」をあらわすエイハブ船長が、「血の意識」をあらわす白鯨を殺そうと追跡している象徴的物語であると述べている。さらに、『モービー・ディック』以外の作品について見てみよう。ここで、ロレンスが、「知の意識」とよんでいるのは、具体的には、清教主義である。一六二〇年、メイフラワー号に乗船してやってきた清教徒たちが、アメリカの精神形成において重要な役割を果したことはいうまでもない。ロレンスも、まず、清教主義に注意を向ける。しかし、これを肯定しない。人間性を否定するものだととらえる。これは、ロレンス自身の母親の清教主義に対する批判とつながっている。

『古典アメリカ文学研究』のなかで、清教主義の代表者としてとりあげられているのは、ベンジャミン＝フランクリンである。フランクリンは、前述の通り、インディアン観において、ロレンスとまったく異なるのであるが、清教主義についても、ロレンスと対照をなす人物である。フランクリンは、清教徒道徳を守る。彼は、自分の日常生活を律する徳目として、「節約」、「秩序」、「決意」、「誠実」、「平静」、「貞潔」など、十三項目をあげている。ロレンスは、これらの徳目に反発する。人間にとって「道徳」は必要であるが、しかし、人間は、「道徳の機械」ではない。ただ、これが善だからするとか、悪だからしてはいけないということで行動するのではなくて、自分の持っている感情、情熱、欲求に従って行動すべきなのである。フランクリンは、そのような、いわば、内部の声を聞かないで、外側の道徳から行動させようとする。このことは、人間を、道徳によって動くロボットにすることである。

出身の国が違うから、ロレンスとフランクリンは、一見、離れているように見える。しかし、実際は、フランクリンは、ロレンスの近くにいた。というのは、少年のころ、ロレンスは、フランクリンのつくった「貧しきリチャードの暦」を読んで育ったのである。この暦には、フランクリンが集めたり、または、自らつくった格言が多く収められている。これが当時ベストセラーとなり、イギリスでも使われ、少年のころ、ロレンスもそれを読んだのである。母親の教えと同じように、フランクリンの格言も、ロレンスの心に清教徒的禁欲主義をうえつけた。ロレンスは、こういう教えを「道徳的鉄条網」とよび、この囲いから脱出するのに、長い年月がかかったと、告白している。

清教的道徳とアステカの原理

アメリカ文学者のなかで、フランクリンは、「知の知識」を一番強くあらわしており、ロレンスは彼を一番激しく攻撃した。ところが、次に取りあげるナサニエル＝ホーソンになると、事情は複雑になる。ホーソンは、由緒ある清教徒の子孫である。したがって、一見、道徳的な清教徒に見える。しかし、ロレンスは、「芸術家を決して信用するな。物語を信頼せよ。批評家のしかるべき役目は、芸術家から物語を救ってやることだ」という。つまり、作家、ホーソンが、いかに清教徒に見えようが、それにだまされてはならない。その作家が書いた作品こそ中心である。批評家の役目は、作家の顔にごまかされないで、作品の持っている本当の意味をさぐり出すことである。このような「批評家」として、ロレンスは、ホーソンの作品の隠された意味をとき明かすのである。

ホーソンの代表作は『緋文学』（一八五〇）である。この物語は、十七世紀中頃の、ボストンの清教徒植民地で起こった姦通事件を扱っている。既婚の女性、ヘスター＝プリンが、医師である夫が旅に出ているあいだに妊娠し、女児を出産する。明らかに姦通を犯した結果である。ヘスターは、その罰として、広場のさらし台に立たされた上、姦通した女であることを示すAという緋色の文字を胸につけなければならなくなった。しかし、ヘスターは、相手の男性の名前をどうしてもいわない。自分だけ罰を受けることに甘んじている。旅先からもどって来たヘスターの夫は、姦通の相手を執拗にさがしまわり、ついに発見する。意外なことに、相手は、この清教徒植民地で一番精神的道徳的に重要な位置にある牧師デムズデールであった。彼は人々から日頃、尊敬を受けていた立派な牧師であった。まさか、ヘスターの姦通の相手とは、つゆ疑う人はいなかった。

相手が牧師であることをひそかに突きとめたヘスターの夫は、すぐにそのことを人々に暴露することはせず、知らない風をよそおってデムズデールを苦しめた。医師は、自分がヘスターの夫であることをかくしていた。苦しみぬいたあげく、最後に、デムズデールは、人々の面前で自分の罪を告白し、息絶えた。

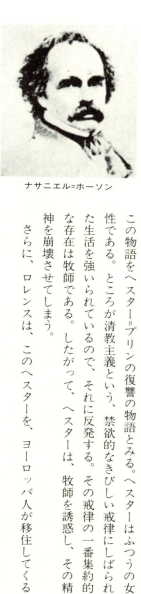

このように見れば、『緋文字』は、清教徒の牧師の罪とその償いを描いていると読むことができる。これがふつうの読み方である。こう読むことで読者は、罪を犯した牧師の苦悩の深さに共感することができる。しかし、ロレンスは、それとは違った読み方をしている。ふつうの読み方では、牧師の方に力点がおかれているのだが、ロレンスは、むしろ、ヘスター=プリンの方に力点をおく。

ナサニエル=ホーソン

この物語をヘスター=プリンの復讐の物語とみる。ヘスターはふつうの女性である。ところが清教主義という、禁欲的なきびしい戒律にしばられた生活を強いられているので、それに反発する。その戒律の一番集約的な存在は牧師である。したがって、ヘスターは、牧師を誘惑し、その精神を崩壊させてしまう。

さらに、ロレンスは、このヘスターを、ヨーロッパ人が移住してくる前からアメリカ大陸に存在した、インディアンの原理、すなわち、「アステカの原理」と結びつける。ヘスターは、「アステカの原理」の体現者なのである。清教主義によって、滅されてしまったかに見えたが、実はそうではなくて、決定的な形で復讐をとげるのである。この「アステカの原理」とは、言葉を換えれば、「血の意識」であり、『モービー・ディック』においては、巨大な白鯨によってあらわされたものである。『緋文字』は、清教徒の牧師の罪と償いの物語ではなくて、清教主義によってあらわされる「知の意識」と、「アステカの原理」によってあらわされる「血の意識」の対立のドラマなのである。

六　人間は万物の尺度ではない

追放された王

『鳥、けもの、花』は、ロレンスの詩集のうちでも一番すぐれたもののひとつである。詩集としてすぐれているばかりではなく、ロレンスの思想もよく語っている。まず、題材に注意する必要がある。すなわち、人間以外の生物が題材としてうたわれている。これまでも、動物や植物は、しばしば、詩にうたわれてきているから、それを取りあげたこと自体は変ったことではないが、動物や植物のとらえ方に、ロレンス独自の思想があらわれている。ロレンスにおいては、動物や植物は、人間に従属するものではなくて、それ独自の存在を持っているということである。

人間は、人間以外の生き物を見る場合に、人間を中心にして見る。たとえば、益虫とか、害虫という言葉がある。あるいは、馬は、有益な動物だとか、犬は忠実な動物だとか、あるいは、ある草は薬用植物だとかという表現がある。このことは、動物や植物を見る場合、人間は、つねに、自分との関係において、つまり、自分に役に立つか立たないかという基準で見ていることを示している。あるいは、花を見る場合も、人間にとって美しいかどうかということで評価する。こういう見方は、人間を基準にすれば正当であるが、しかし、絶対的に正当な見方であるかどうかは疑問である。ロレンスは、このような見方、評価は間違っていると断言する。

たとえば、一匹の毒蛇がいるとする。その蛇は、人間の役に立たないだけではなくて、害があり危険でもある。蛇は、古来、危険で人間に対して害をなす生物として、しばしば悪と結びつけられている。たとえば、旧約聖書で、イヴを誘惑するのは蛇である。蛇は悪魔の権化とみなされている。しかし、人間中心の立場を離れてみればどうなるか。毒蛇も人間とまったく同じように、地球上に創造された生物である。毒を持っているのは、自分の身を守るためだといえよう。もし、蛇が口をきけるとしたら、人間は、どうしてそんなに自己中心なのか、どうして地球は人間だけのものと考えているのか、人間が幅をきかしているのは、要するに、これまで人間が他の生物よりも強かっただけのことではないかと、人間を非難するであろう。

『恋する女たち』のなかで、ロレンスは、ひとりの人物にこういう意味のことをいわせている。地球上から人類が消えうせたとしてもそれがどうしたというのか。人類が滅亡しても、樹木や草は残り、うさぎや蛇も生き続ける。人間が消えてしまっても、地球がなくなるわけではなく、宇宙が消えるわけではない。人類の絶滅がこの世の終りと考えるのは、人間の思い上りである。人間がいなくなっても、地球にとってはどうでもよいことであり、他の生物にとってもどうでもよいことである。人間のいない世界はいくらでも考えられるし、それで何も悪いことはないのである。

「人間は万物の尺度である」という人間中心の価値観に対する批判が、『鳥、けもの、花』という詩集の底流にある。人間が人間としての存在価値を持つように、動物も植物もそれ自体の独自の存在意義を持っている。すでに言及した「蛇」についてさらに詳しく見てみよう。この作品はすでに述べたように、ロレンスがシチリア島のタオルミーナに滞在しているときに書かれたものである。

七月の暑いある日、「私」が、水を汲みに水汲み場に行ってみると一匹の蛇がいた。「私」が近寄っていっても逃げようとしない。牛が水を飲むようにゆっくりと落ち着いて飲んでいる。「私」は、はじめ、この蛇を殺さなければならぬと思う。「私の教育の声はいった、蛇は殺さなければならぬ」と。シチリア島では、黒い蛇は無害だが、この蛇のように黄金色の蛇は毒蛇とされているからである。「私の教育の声」は、いわば、「社会的自我」より発せられるものである。

他方、「詩人的自我」というべきものが「私」のなかにあって、「蛇は好きだ。蛇が客のように来たので嬉しい」といっている。蛇が水を飲みおえて、穴の中に入っていこうとしたとき、「社会的自我」が勝ちを占めて、「私」は持っていた水さしを下において、棒切れを拾って蛇に投げつける。そのあと、すぐに、「詩人的自我」は、「社会的自我」のとった行為を批判する。それは「卑劣な」行為だからである。その「狭量さ」は、人間中心の考え方に由来する。蛇の存在意義を全然認めないのである。

「詩人的自我」にはこう思えた。

蛇は、私には王のように見えた、
王座を追われ、地界に追放されたが、
ふたたび王位につくために戻ってきた王のように。

蛇は、本当は王なのだ。人間に追われて、今、地界にいるだけだ。また、王として君臨するときがあるかもしれぬ。この予言は適中するか否かは別として、このとき「私」は、蛇という、ふつうは悪と結びつけられている生き物が、それ自身の存在意義を持っており、それに気付かなかった「私」が狭量で、間違った先入主にとらわれていたことをさとる。

闇を求めるもの

詩集のなかで、同じ主題をあつかっている、もうひとつの詩をあげる。「人間とこうもり」という詩である。最初、フィレンツェの自分の部屋で、作者が、朝、迷いこんできた一匹のこうもりを見つける。作者は、部屋の窓をあけて、こうもりを追い出そうとする。しかし、部屋のなかをバタバタ飛びまわっているだけで、窓から外へ出ていかない。窓のところまでは行くのだが、外へは出ていかない。鳥や昆虫の場合と様子が違う。しばらくして、作者は、ようやく、出ていかない理由をさとる。それは、窓の外には、明るい日の光があるからだ。こうもりは、光がこわいのだ。それは、ちょうど、人間が、あかあか燃えている炎のなかに入っていけないのと同じである。光のなかに入っていくのは、こうもりの本性にさからうことなのである。この啓示が、この詩のクライマックスになっている。

人間は光を好む生物である。闇のなかでは目が見えないので、灯火を発明し、改良してきた。夜を昼のようにする努力を重ねてきた。だから、他の生物もすべて、光の方が好きなのだと思いがちなのだ。ところが、こうもりのように、光よりも闇の方が好きな生物もいる。自己中心に考えている人間は、そのことに気が付かないのである。

「蛇」も「人間とこうもり」も、人間中心的な見方を批判した作品である。毒蛇であれば、すぐ殺そうとする。たしかに、毒蛇は人間に害をなす場合はあるが、毒蛇も、人間のために創造されたわけではなくて、自分自身の存在意味を持っていることを考えれば、見つけ次第殺すということにはならないのである。そうするのは、人間の、あまりに自分勝手な考え方である。また、自分の性質から他の生物の習性まで推しはかろうとする人間は、ある生物の本性を正しく把握することができない。人間は、他の生物に対して、あまりにもひどい偏見を持っている。この詩集は、そういう偏見を捨てて、動物、植物、それ自体の生命のあり方をさぐろうとする画期的な試みである。

むすび

ロレンスはキリスト教を批判したが、それは、つねにキリスト教を意識していたからであった。キリスト教国に生まれた者としては当然であるが、彼の思想は、キリスト教という根をぬきにしては考えられない。ロレンスは、単に、思想のための思想をつくりあげようとしたわけではない。自分が生きるため、より十全に生きるための努力のなかから、思想が生まれてきたのである。自分の内部にある清教主義に反抗する形で自己の思想を発展させてきた。

キリスト教は、その道徳によって人間の生命を阻害し束縛するとロレンスは考えた。ここから、道徳としてのキリスト教批判が生まれた。生命は、生物としての人間にとって本源的なものであって、人間のつくった道徳によって束縛されるものではない。

キリスト教は、人間の霊性を重んじ、肉体を一段と低いものとみなすことに、ロレンスは不満であった。肉体を蔑視する結果として、性を悪いものと考えるようになる。犯罪ともしばしば結びつけられる。しかし、性そのものは、まったく自然なものである。あたかも太陽の如きものである。それなくしては、生命は存在しえない。性が、しばしば悪と結びつけられるのは、性そのものが悪いからではない。誤った観念によって、濡れ衣を着せられているだけである。いわゆるポルノは、性そのもののように見えるが、一番、性とは離れたものであり、性に泥を塗るものである。

また、産業中心主義によって、人間の生命は阻害されているとロレンスは考えている。産業や技術の発達によって、物質生活は豊かになったことは認めるものの、産業に組み込まれることによって、人間が機械の一部になることに警告を発している。人間は生命体であって機械ではない。単なる生産の道具になってはならない。

キリスト教道徳や産業中心主義を批判することは、結局、ヨーロッパ文明を批判することになる。ここで、ロレンスは、ヨーロッパ文明以外の文明に眼を向ける。不当におとしめられていた、エトルリアやインディアンの文化を高く評価する。そこには、ヨーロッパ文明が失った生命信仰があるとする。そして、これまで、あまりにもヨーロッパ文明中心でありすぎたことに反省をうながす。

さらに、ロレンスは、人間以外の生命にも眼を向ける。これまで、「人間は万物の尺度である」というようないい方をして、人間は、つねに、他の生物――動物や植物を、人間中心に見てきた。これは誤りであったことを指摘する。光ではなくて闇を求める動物だっているのである。地球は、人間のためだけにつくられているわけではない。地球上から人間がいなくなっても、他の生物は生き続けるであろうし、人間がいなくても、生命の営みは続くであろう。

ロレンスは、現代文明のあり方について、根本的な問いを投げかけている。

あとがき

ロレンスの生誕百年にあたる一九八五年（昭和六十年）に、ウエストミンスター寺院の詩人記念廊に記念碑がつくられたことは、すでに述べた通りである。このことが示すように、ロレンスはイギリスの偉大な文学者と名実ともに認められている。実際に、すぐれた感受性、深い洞察力、作品の問題性という点で、大作家の名に値する。

英米におけるロレンス研究は盛んである。このところ、毎年、数冊の研究書が出版されている。わが国でも盛んに研究が行われていることは、巻末の参考書目から、おわかりいただけると思う。（書目は発表されている研究のごく一部にすぎない。）また、昭和四十五年に日本ロレンス協会が設立されて、毎年一度の全国大会をはじめ、活発な研究活動を行っている。しかし、一般的には、ロレンスは、どのくらい知られているであろうか。

わが国でロレンスが話題になったのは、伊藤整訳『チャタレー夫人の恋人』の裁判のときであった。それ以後、ロレンスは「チャタレー」と結びつけられて言及されるものの、それ以上には理解は進んでいないようである。その理由のひとつは、難しいということであろう。「チャタレー」の連想からロレンスを読みはじめても、よくわからず、途中でやめてしまうことも多いのではあるまいか。わかりにくいという理由だけで敬遠されてしまうとしたら、まことに残念である。

この意味で、この「人と思想」シリーズで、ロレンスについて書く機会を与えられたことは、大きな喜びである。一般に広く知ってもらえると思うからである。

本書で、筆者は、できるだけ心を虚しくして、ロレンスの語る言葉に耳を傾けようと努めた。そして、その言葉を、できるだけ主観をまじえずに読者に伝えようと試みた。主観を加えることで、ロレンスの思想を曲げてしまうことを恐れたからである。そして、ロレンスの思想を、できるだけわかりやすい言葉で、人と思想に関心を持っている人ならだれにでもわかる言葉で表現しようと努めた。

最後になったが、紹介の労をとってくださった、成城大学、宮崎孝一先生に厚くお礼申し上げる。また、予定の時期より大分執筆が遅れたにもかかわらず、辛抱強く待ってくださり、また、細心の配慮を払って本書の作成にあたってくださった、清水書院編集部の堀江章之助、徳永隆の両氏に厚くお礼申し上げる。

昭和六十二年八月十八日

倉持三郎

D・H・ロレンス年譜

西暦	年齢	年譜	背景となる参考事項
一八八五		9月11日、D・H・ロレンス、英国ノッティンガム州、イーストウッド、ヴィクトリア通りに炭坑夫の第四子として生まれる。	
八七	2	1月、ジェシー＝チェンバーズ生まれる。 6月、妹、エイダ生まれる。 9月、ブリーチとよばれる炭坑住宅に転居。	キャサリン＝マンスフィールド生まれる。(一八八八)
八八	3	2月、ルイ＝バロウズ生まれる。	J・M・マリ生まれる。(一八八九)
九一	6	ウォーカー通りに転居。ボーヴェール公立小学校入学。	アーネスト＝ウィークリー、ノッティンガム大学教授となる。(一八九八)
九八	13	ボーヴェール公立小学校卒業。母親が、チェンバーズ夫人と知り合う。 9月、奨学金を得て、ノッティンガム・ハイスクールに入学。	フリーダ、ウィークリーと結婚。(一八九九)

一八九九	14	兄、ウィリアム＝アーネスト、ロンドンの船会社に勤務。	ボーア戦争（一八九九―一九〇二） イギリス労働党成立。（一九〇〇） フロイト『夢の解釈』出版。（一九〇〇）
一九〇一	16	7月、ハイスクール卒業。ジェシー＝チェンバーズに会う。ノッティンガムのヘイウッド外科医療器具製造会社に事務員として就職。 10月、ウィリアム＝アーネスト病死。 12月、肺炎にかかり、三ヵ月で勤めをやめる。	ヴィクトリア女王死去。 オーストラリア連邦成立。
〇二	17	10月、イーストウッドの小学校、ブリティッシュ・スクールに助教員として勤める。イルキストンの助教員指導センターで講習を受ける。	新教育法制定。 オットー＝グロース、『大脳の二次的機能』 女性社会政治連盟結成（一九〇三）
〇五	20	春、最初の詩を書く。 6月、大学入学資格試験を受けて合格。	
〇六	21	9月、ノッティンガム・ユニヴァーシティ・カレッジ（現在のノッティンガム大学の前身）の教員養成課程に入学。アーネスト＝ウィークリー教授からフランス語を学ぶ。	
〇七	22	12月、懸賞に応募した短編「序曲」が当選し、地方新聞『ノッティンガムシャ・ガーディアン』に掲載される。	
〇八	23	教員免許状を得て、大学を卒業。10月、ロンドン郊外、クロイドンにある小学校、デイヴィッドスン・ロード	

一九〇九	24	学校の教師となる。投稿した詩が、文芸誌『イギリス評論』11月号に掲載される。編集者、フォードと会う。	
一〇	25	11月、ジェシー＝チェンバーズとの六年間にわたる婚約を解消。 12月、ルイ＝バロウズと婚約。母が癌のため死去。	エドワード七世死去、ジョージ五世即位。 ラッセル、ケンブリッジ大学講師となる。
一一	26	1月、最初の長編小説『白くじゃく』出版。 11月、重い肺炎にかかる。	
一二	27	2月、ルイ＝バロウズとの婚約解消。 3月、デイヴィッドスン・ロード学校退職。フリーダ＝ウィークリーと会う。 5月、フリーダと共に、イギリスを去り、ドイツに向う。小説『侵入者』出版。ドイツでフリーダと同棲生活をはじめる。 8月、ドイツを立ち、アルプスを越え、イタリアへ向う。 9月、北イタリア、ガルダ湖畔に滞在。	ウィークリー、『英単語のロマンス』出版。
一三	28	5月、『息子と恋人』出版。 6月、イギリスに戻る。 7月、ミドルトン＝マリ、キャサリン＝マンスフィールド	

		と会う。 9月、ドイツをまわり、北イタリアのラスペツィアの近くのレリチに落着く。	
一九一四	29	5月、フリーダの離婚成立。 7月、ロンドンでフリーダと結婚。キャサリン=カーズウェル、コテリアンスキーと知り合う。このころ、キャナン夫妻、マーク=ガートラー、コムプトン=マッケンジーと知り合う。 9月、評論「トマス・ハーディ研究」を執筆。 12月、オトリーン=モレルに会う。	7月、第一次世界大戦勃発
一五	30	1月、バートランド=ラッセルと知り合う。サセックス州に滞在。 3月、ケンブリッジ大学訪問。ケインズらに会う。 9月、小説『虹』出版。 10月、ドロシー=ブレットに会う。評論「王冠」の一部発表。 11月、『虹』発売禁止。 12月、オールダス=ハックスリーに会う。コーンウォルに移る。	オトリーン=モレル、ガーシントンに移る。
一六	31	6月、徴兵検査を受ける。 11月、オトリーン=モレルやマリと絶交。	マリ、『ドストエフスキー、批評的研究』出版。

一九一七	32	1月、アメリカ行きの旅券を申請。拒否される。 6月、徴兵検査を受けるが不合格。 10月、スパイ容疑でコーンウォルからの退去命令を受ける。ロンドンに移る。 12月、詩集『どうだ、ぼくらは生きぬいた』出版。	アメリカ合衆国、第一次大戦に参戦。
一八	33	5月、ダービー州に移る。 9月、ダービー州で徴兵検査を受けるが不合格。	1月、三〇歳以上の女性に参政権が認められる。 11月、第一次世界大戦終わる。
一九	34	11月、イギリスを立ち、イタリアへ向う。 12月、ピチニスコ滞在。カプリ島に移る。	シュペングラー『西欧の没落』出版。
二〇	35	3月、シチリア島、タオルミーナに移る。 11月、『恋する女たち』出版。	オットー=グロース死去。
二一	36	1月、サルジニア島旅行。 5月、評論『精神分析と無意識』出版。 11月、メイベル=ルーハーンからアメリカへの招待の手紙をもらう。	
二二	37	2月、アメリカに向け、ナポリを出港。 3月、セイロン着。 4月、小説『アロンの杖』出版。オーストラリアに向ってセイロンを立つ。	ジョイス、『ユリシーズ』出版。 T・S・エリオット、『荒地』出版。

一九二三	38	5月4日、西オーストラリアのフリーマントルに着く。ジェンキンズ夫妻と再会。パースのジェンキンズ夫妻の家に宿泊したのち、ダーリントンに移る。モリー＝スキナーと会う。フリーマントル出港。27日、シドニーに着き、ニューサウスウェールズ州のサールールに向い、ここに滞在。8月、シドニー出港。9月、サンフランシスコ到着。メイベル＝ルーハーンに会う。ニューメキシコ州のタオスに住む。10月、評論『無意識の幻想』出版。12月、タオスを去り、デルモンテ牧場に移る。タオスでビナーや、画家のメリルド、ゴッチェと知り合う。3月、メキシコ旅行に出かける。4月、ガダラハラやチャパラ湖旅行。7月上旬、チャパラ湖を離れ、メキシコシティへ出て、ヴェラクルスからニューヨークに向う。フリーダは子供たちに会うため、単身でイギリスに向う。ロレンスは、バッファロー、シカゴ、ロサンゼルスを経て、メキシコへ入る。8月、評論『古典アメリカ文学研究』出版。	アイルランド自由国成立。キャサリン＝マンスフィールド死去。

		9月、小説『カンガルー』、詩集『鳥、けもの、花』出版。9月、10月、11月にかけて、ガダラハラ、チャパラ湖など、メキシコの各地をまわる。 11月、妻のあとを追って、ヴェラクルスから、イギリスへ向う。 12月、ロンドンに着き、フリーダに会う。	
一九二四	39	2月、ドイツへ行く。ロンドンに戻り、友人たちに、理想郷「ラナニム」を説き、アメリカ同行を求める。 3月、ドロシー＝ブレットをともない、タオスのメイベルの家に行く。 4月、メイベルから、ロボ牧場（後にカイオワと改名）を贈与される。その返礼として、『息子と恋人』の原稿を贈る。 5月、カイオワ牧場に住みはじめる。 8月、小説『叢林の少年』出版。アリゾナ州のインディアン保留地を訪ねる。 9月、父、アーサー死去。（享年七八歳） 10月、ブレットをともなってメキシコ旅行に出かける。	イギリス最初の労働党政府成立。
二五	40	2月、マラリアにかかり重態。一時危篤状態であったが回復。医師から肺結核という診断を受ける。	

一九二六	41	3月、タオスに戻る。 9月、ニューヨークから乗船して、イギリスへ着く。 10月、故郷、イングランドの中部地方を訪れる。ドイツに向う。 11月、北イタリアへ。ジェノヴァの近くのスポトルノのベルナルド荘を借り、翌年4月まで住む。 1月、小説『翼ある蛇』出版。 2月、妹、エイダとモンテカルロへ。 5月、フィレンツェ郊外のミレンダ荘を借りる。（一九二八年、6月まで） 7月から9月にかけて、イギリスへ行き、故郷を訪れる。炭坑ストライキの悲惨な有り様を目撃。 10月、ミレンダ荘に戻り、『チャタレー夫人の恋人』初稿を書きはじめる。絵を描きはじめる。	5月、イギリスのゼネスト。（3日―12日）
二七	42	3月から4月にかけて、エトルリアの遺跡、遺物を見てまわり、感銘を受ける。この体験は、紀行文『エトルリアの遺跡』にまとめられる。 7月、気管支出血。	
二八	43	6月、スイスへ。 7月、小説『チャタレー夫人の恋人』出版。	オールダス＝ハックスリー、『対位法』出版。

		9月、ドイツへ。 11月、南フランスのバンドルに移る。	イギリスで完全な婦人参政権
一九二九	44	1月、詩集『三色すみれ』の原稿押収される。 3月から、スペイン、ドイツ、イタリアを旅し、9月にバンドルに戻る。 6月、ロンドンで自作の絵の展示。十三点の絵が没収される。	
三〇	45	2月、ヴァンスのサナトリウム、アドアストラへ。 3月1日、ロベールモン荘へ。2日、死去。	

参考文献

●ロレンスの作品

長編小説

『白孔雀』 伊藤礼訳――中央公論社 一九六六
『侵入者』 西村孝次訳――八潮出版社 一九六四
『息子と恋人』 本多顕彰訳――岩波文庫 一九六三
『虹』 中野好夫訳――新潮文庫 一九五七
『恋する女たち』 中村佐喜子訳――角川文庫 一九六四
『翼ある蛇』 宮西豊逸訳――角川書店 一九六三
『チャタレー夫人の恋人』 伊藤整訳――小山書店 一九五〇

中編小説

『死んだ男』 福田恒存訳――新潮文庫 一九五七

短編小説

『ロレンス短編集』 羽矢謙一訳――八潮出版社 一九七六

詩

『D・H・ロレンス詩集』（全六巻） 田中清太郎、上田保、海野厚志、羽矢謙一、虎岩正純、福田陸太郎、倉持三郎、成田成寿訳――国文社 一九六〇―六九

紀行

『ロレンス紀行全集』 鈴木新一郎訳――不死鳥社 一九七九
『イタリアの薄明』 小川和夫訳――南雲堂 一九八七
『エトルリアの故地』 奥井潔訳――南雲堂 一九八七

評論

『現代人は愛しうるか――アポカリプス論』 福田恒存訳――筑摩書房 一九六五
『アメリカ古典文学研究』 野崎孝訳――南雲堂 一九八七
『トマス・ハーディ研究 王冠』 倉持三郎訳――南雲堂 一九八七
『精神分析と無意識 無意識の幻想』 小川和夫訳――南雲堂 一九八七
『不死鳥』 吉村宏一ほか訳――山口書店 一九八四、八六

●ロレンスの伝記・研究書

『天才の肖像――D・H・ロレンスの生涯と作品』 リチャード＝オールディントン著 西村孝次訳――講談社 一九五四
『ロレンス研究』 阿部知二編――英宝社 一九五九

『私ではなくて　風が……──D・H・ロレンス伝』　フリーダ＝ロレンス著　二宮尊道訳 ──弥生書房　一九六六
『ロレンスの世界──現代の証人として』　西村孝次著──中央公論社　一九七〇
『ロレンス』　西村孝次編──研究社　一九七一
『D・H・ロレンス　文学の論理』　和田静雄著──南雲堂　一九七二
『D・H・ロレンス　その文学と人生』　北沢滋久著──墨水書房　一九七三
『思想の冒険　ロレンスの小説』　山川鴻三著──研究社　一九七四
『見者ロレンス』　入江隆則著──講談社　一九七四
『ロレンス文学の世界』　柴田多賀治著──八潮出版社　一九七四
『D・H・ロレンス─詩人とチャタレー裁判』　小西永倫著──右文書院　一九七五
『D・H・ロレンスの文学──非人称の世界』　鉄村春生著──あぽろん社　一九七六
『D・H・ロレンス──小説の研究』　倉持三郎著──荒竹出版　一九七六
『D・H・ロレンスの文学と思想』　佐々木学著──松柏社　一九七六
『ロレンス研究──『虹』』　D・H・ロレンス研究会編──朝日出版社　一九七七
『D・H・ロレンス』　倉持三郎著訳──英潮社　一九七七
『若き日のD・H・ロレンス』　ジェシー＝チェンバーズ著　小西永倫訳──弥生書房　一九七七
『D・H・ロレンス──愛の予言者』　倉持三郎著──冬樹社　一九七八
『D・H・ロレンスの世界』　羽矢謙一著──評論社　一九七八
『ロレンスの舞台』　森晴秀著──山口書房　一九七八
『ロレンス研究──『恋する女たち』』　D・H・ロレンス研究会編──朝日出版社　一九七八

『ロレンス研究――『息子と恋人』』D・H・ロレンス研究会編――朝日出版社　一九七八
『チャタレー夫人の原像――D・H・ロレンスとその妻フリーダ』
ロベルト＝ルーカス著　奥村　透訳――一九八一
『ロレンス研究――『堕ちた女』』D・H・ロレンス研究会編――朝日出版社　一九八二
『ロレンスを愛した女たち』　中村佐喜子著――中央公論社　一九八三
『ロレンス――存在の闇』　井上義夫著――小沢書店　一九八三
『想像力とイメージ――D・H・ロレンスの中・短編の研究』　鉄村春生著――開文社出版　一九八四
『D・H・ロレンスの詩――「闇」と光』　飯田武郎著――九州大学出版部　一九八六
『D・H・ロレンス』二十世紀英文学研究会編――金　星　堂　一九八六

さくいん

【な行】

【は行】

【わ行】

D. H. ロレンス■人と思想79　　定価はカバーに表示

1987年11月15日　第1刷発行©
2016年4月25日　新装版第1刷発行©

・著　者 ……………………………… 倉持《くらもち》　三郎《さぶろう》
・発行者 ……………………………… 渡部　哲治
・印刷所 ………………………… 広研印刷株式会社
・発行所 ……………………… 株式会社　清水書院

〒102-0072　東京都千代田区飯田橋3-11-6
Tel・03(5213)7151～7
振替口座・00130-3-5283
http://www.shimizushoin.co.jp

検印省略
落丁本・乱丁本は
おとりかえします。

CenturyBooks

Printed in Japan
ISBN978-4-389-42079-6

CenturyBooks

清水書院の〝センチュリーブックス〟発刊のことば

近年の科学技術の発達は、まことに目覚ましいものがあります。月世界への旅行も、近い将来のこととして、夢ではなくなりました。しかし、一方、人間性は疎外され、文化も、商品化されようとしていることも、否定できません。

いま、人間性の回復をはかり、先人の遺した偉大な文化を継承して、高貴な精神の城を守り、明日への創造に資することは、今世紀に生きる私たちの、重大な責務であると信じます。

私たちがここに、「センチュリーブックス」を刊行いたしますのは、人間形成期にある学生・生徒の諸君、職場にある若い世代に精神の糧を提供し、この責任の一端を果たしたいためであります。

ここに読者諸氏の豊かな人間性を讃えつつご愛読を願います。

一九六七年

清水幸雄

SHIMIZU SHOIN